En el lugar de su hermano
ELIZABETH LANE

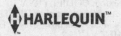

Editado por HARLEQUIN IBÉRICA, S.A.
Núñez de Balboa, 56
28001 Madrid

I.S.B.N.: 978-84-687-2758-5
Depósito legal: M-6392-2013
Editor responsable: Luis Pugni
Fotomecánica: M.T. Color & Diseño, S.L. Las Rozas (Madrid)
Impresión en Black print CPI (Barcelona)
Fecha impresion para Argentina: 4.11.13
Distribuidor exclusivo para España: LOGISTA
Distribuidor para México: CODIPLYRSA
Distribuidores para Argentina: interior, BERTRAN, S.A.C. Vélez
Sársfield, 1950. Cap. Fed./ Buenos Aires y Gran Buenos Aires,
VACCARO SÁNCHEZ y Cía, S.A.

Capítulo Uno

Santa Fe, Nuevo México

—¿Está seguro sobre el chico… y su madre? —Jordan apretó el teléfono con fuerza.

—Es usted quien debe estar seguro, señor Cooper —la voz del investigador privado era tan átona como una grabación—. El paquete va de camino a su rancho por correo urgente, con la partida de nacimiento, historial médico, dirección de la madre y varias fotografías tomadas discretamente. Cuando lo haya visto todo, podrá sacar sus propias conclusiones. Si necesita alguna cosa más…

—No, no necesito nada más. Le enviaré una transferencia con el dinero en cuanto haya visto los documentos.

Jordan cortó la comunicación bruscamente. El paquete llegaría de Alburquerque en una hora y su intuición le decía que ese material iba a convertir su bien ordenado mundo en un caos.

Se acercó a la ventana del estudio, desde la que tenía una panorámica del rancho que llegaba hasta el horizonte. En la distancia, las montañas Sangre de Cristo, con sus ricos colores de otoño, brillaban bajo el sol de noviembre.

Aquella era tierra Cooper, lo había sido durante más de cien años.

Cuando su madre muriese, él lo heredaría todo como único superviviente de la familia. Era el último heredero Cooper… o eso habían pensado hasta hacía una semana. Pero si el informe del detective confirmaba sus sospechas…

Jordan se dio la vuelta, dejando el pensamiento a medias. No era demasiado tarde para dar marcha atrás, se recordó a sí mismo. Cuando llegase el paquete podría quemarlo sin abrirlo siquiera. Pero solo estaría destruyendo unos papeles. Nada podría borrar de su memoria a Angelina Montoya o cambiar lo que le había hecho a su familia.

Jordan miró un grupo de fotos familiares. En la más grande, dos sonrientes jóvenes mostraban a la cámara las truchas que habían pescado. Sus facciones eran tan idénticas que casi nadie podía distinguir a Jordan de su hermano mellizo, Justin.

Cuando se hicieron la fotografía tenían una relación estupenda. Tres años más tarde, Justin se había enamorado de Angie Montoya, camarera en uno de los mejores restaurantes del hotel Plaza, y su decisión de casarse con ella había dividido a la familia.

Convencidos de que Angelina era una buscavidas, Jordan y sus padres habían hecho todo lo posible para separar a la pareja, pero el resultado había sido una brecha entre Justin y él que nunca llegó a curar del todo. Y cuando volvía a casa, después de un fin de semana esquiando, para celebrar el cumpleaños de Angie, la avioneta de Justin se había estrellado en las montañas de Utah.

El dolor había llevado a su padre a la tumba y había convertido a su madre en una mujer amargada.

En cuanto a Angie Montoya... se había esfumado durante cuatro años hasta que, por casualidad, Jordan vio una fotografía en Internet que le hizo llamar al mejor investigador privado del estado de Nuevo México. Y estaba seguro de que el informe del detective confirmaría lo que sospechaba: que Angelina Montoya no solo les había robado a Justin, también les había robado al hijo de su hermano.

Alburquerque

–Estás trabajando mucho en ese dibujo, Lucas –Angie se levantó de la silla frente al ordenador para acercarse a su hijo–. ¿Qué estás haciendo?

El niño le mostró el dibujo: tres figuras delgadas.

–Es nuestra familia. El bajito soy yo y esta del pelo largo eres tú.

–¿Y quién es el de arriba? –anticipando la respuesta, Angie tragó saliva.

–Es papá, que está en el cielo cuidando de nosotros, como tú dijiste.

–Ah, muy bien. ¿Quieres que lo ponga en la puerta de la nevera para recordárnoslo?

–Bueno… –sujetando su obra maestra, el niño corrió a la cocina y Angie tuvo que hacer un esfuerzo para controlar la emoción.

No era fácil vivir con un recordatorio diario de Justin, pero había querido que Lucas no se sintiera huérfano y tenía una fotografía enmarcada en la mesilla del niño y un álbum de fotos en la estantería de su habitación. Los deditos de su hijo habían doblado ya las esquinas de todas las páginas…

La mayoría de las fotos mostraba a Justin y a Angie juntos o a Justin solo. No había fotografías de la familia Cooper. Después de cómo la habían tratado, no quería saber nada de ellos, especialmente de Jordan.

Fue Jordan quien, el día de su cumpleaños, había ido a decirle que Justin había muerto. No había dicho mucho más, pero su actitud dejaba bien claro lo que pensaba. Unas semanas antes, la familia Cooper le había ofrecido cincuenta mil dólares por alejarse de Justin y, si hubiera aceptado, él seguiría vivo.

Angie nunca olvidaría la amargura en esos despreciativos ojos grises.

¿Cómo podían dos hermanos mellizos ser tan diferentes? Justin había sido un hombre cariñoso, encantador, alegre y generoso. Pero cuando pensaba en Jordan solo se le ocurrían adjetivos como: frío, mercenario, esnob.

Y manipulador.

Ella lo había experimentado de primera mano.

El timbre interrumpió sus pensamientos.

–¡Voy yo! –gritó Lucas.

–¡Un momento, pequeñajo! Tú sabes que no debes abrir –Angie lo tomó en brazos para llevarlo a su cuarto.

Pagaba un alquiler razonable por el apartamento de dos dormitorios, pero el vecindario no era el mejor de la ciudad, y cuando sonaba el timbre Angie enviaba a Lucas a su habitación hasta comprobar que no había ningún peligro.

Tal vez el año siguiente, si sus diseños por Internet seguían vendiéndose, tendría dinero suficiente para alquilar una casita con jardín, pero hasta entonces…

El timbre sonó de nuevo.

Dejando a Lucas en el suelo, Angie cerró la puerta del dormitorio. No recibía muchas visitas y no estaba esperando a nadie, de modo que se acercó a la puerta con sigilo.

Jordan se puso tenso al escuchar pasos. Ver a Angie otra vez no sería agradable para ninguno de los dos. Tal vez debería haber enviado a alguien en su lugar, pensó, alguien que comprobase la situación sin hacer que Angie se pusiera en guardia.

Pero no, le esperase lo que le esperase al otro lado de la puerta, tenía que hacerlo personalmente. Tenía que hacer lo que debía por su familia, por la memoria de su hermano… incluso por Angie, si el tiempo había hecho que entrase en razón.

Jordan oyó que corría el cerrojo y contuvo el aliento mientras la puerta se abría… hasta donde daba la cadena de seguridad.

Unos ojos de color café se clavaron en él, unos ojos rodeados por largas pestañas. Jordan casi había olvidado lo preciosos que eran...

–¿Qué quieres, Jordan? –le preguntó ella, con una voz ronca y sexy que recordaba bien.

–Para empezar, me gustaría entrar un momento.

–¿Por qué?

Aparentemente, seguía siendo tan obstinada como antes.

–Para no tener que hablar desde el rellano.

–No creo que tengamos nada que decirnos.

Jordan dejó escapar un largo suspiro.

–Déjame entrar para que podamos hablar como dos personas civilizadas o me pondré a gritar. No pienso irme hasta que hayas escuchado lo que tengo que decirte –Jordan hizo una pausa, recordando que no serviría de nada amenazarla–. ¿Quién sabe? Puede que te interese lo que tengo que decir.

Esperó que ella hiciese algún comentario irónico o mordaz, pero en lugar de eso Angie cerró la puerta y él esperó, en silencio. Unos segundos después, oyó que quitaba la cadena antes de abrir del todo.

Jordan entró y miró alrededor. El salón era alegre y limpio, con las paredes recién pintadas, pero aquel sitio no era más grande que uno de los cajones de su establo. El edificio era viejo, sin alarmas o conserje, y las paredes estaban llenas de pintadas. Si aquello era lo único que Angie podía pagar, debía tener serios problemas económicos.

No había ni rastro de su hijo, pero un libro de cuentos sobre la mesita de café delataba la presencia de un niño en el apartamento. Debía haberlo metido en alguna habitación. Tal vez por eso había tardado tanto en abrir la puerta.

Angie llevaba una sencilla camiseta negra y unos vaqueros gastados que se pegaban a su cuerpo sin ser provocativamente ajustados. Iba descalza y tenía las uñas pintadas de color rosa.

Seguía siendo tan seductoramente bella como hacía cuatro años. Tuvo que hacer un esfuerzo para no recordar ese momento en el coche, el sabor de sus lágrimas, el calor de sus labios, sus sinuosas curvas apretadas contra él…

Había sido un error, uno que no había vuelto a repetirse nunca. Y había hecho todo lo posible por borrarlo de su memoria, pero olvidar a una mujer como Angie no era fácil.

Jordan se aclaró la garganta.

—¿Puedo sentarme?

Ella señaló el sofá, claramente incómoda.

No confiaba en él y era comprensible, pero tenía que hacer que lo escuchase. Tenía que solucionar aquello.

Si podía ayudar al hijo de Justin y a la mujer a la que había amado, entonces tal vez el alma de su hermano lo perdonaría… y quizá algún día Jordan podría perdonarse a sí mismo.

***

Jordan Cooper no había cambiado nada.

Angie estudió sus fríos ojos grises, su mandíbula cuadrada, el cabello castaño despeinado, con un remolino en la coronilla. Si sonriese se parecería a Justin, pero nunca había visto a Jordan sonreír.

Al verlo, el pulso se le había vuelto tan loco como el de un animal acorralado. Jordan tenía el rostro del hombre al que había amado, pero su corazón era de granito. Si se había molestado en localizarla, no sería para preguntar cómo le iban las cosas.

–¿Cómo me has encontrado? –le preguntó.

–Por Internet. Vi tu nombre en la página que habías creado para una imprenta. Lo vi por pura casualidad, pero después sentí curiosidad y busqué tu página. Había una foto tuya trabajando frente a un ordenador… y no pude dejar de notar que no estabas sola.

A Angie se le encogió el corazón. Una vecina había hecho esa fotografía y, en el último segundo, Lucas se había acercado a la mesa, de modo que su cabecita aparecía en una esquina.

Debería haber cortado la foto por precaución. ¿Por qué no lo había hecho?

Pero esa foto no podía haber hecho que Jordan fuese a buscarla…

–Me has estado investigando, ¿verdad? –le espetó, airada.

Él apretó los labios.

–¿Dónde está el niño, Angie? ¿Dónde está Lucas?

10

–¡No tienes derecho a preguntar! –exclamó ella, como una tigresa defendiendo a su cachorro–. Lucas es mi hijo. ¡Mi hijo!

–Y el hijo de mi hermano. Tengo una copia de su partida de nacimiento y tú misma pusiste el nombre de Justin como el del padre… suponiendo que sea la verdad.

Algo se rompió dentro de ella.

–Lo hice por Lucas, para que supiese quién era su padre. Pero Justin… él nunca supo que estaba embarazada. Iba a decírselo cuando volviera a casa por mi cumpleaños.

–Entonces no os casasteis en secreto.

–No, claro que no. Y yo no tengo la menor intención de reclamarle nada a tu familia, así que puedes irte y dejarnos en paz.

Angie estudió el rostro de Jordan para ver si sus palabras habían hecho algún impacto, pero su expresión parecía esculpida en frío mármol.

–Podrías habérnoslo contado –dijo él entonces–. Mis padres deberían haber sabido que Justin tenía un hijo.

–¡Tus padres me odian!

–Quiero ver al niño –dijo Jordan entonces.

El corazón de Angie latía como loco. No había recibido ninguna advertencia. No había tenido tiempo para preparar a Lucas.

–No creo que… –empezó a decir.

Pero era demasiado tarde, porque en ese momento oyó que se abría la puerta del dormitorio. Evidentemente, Lucas se había cansado de esperar y había decidido ir a ver por sí mismo quién era la visita.

Angie vio, horrorizada, que el niño entraba en el salón y miraba a Jordan con los ojos como platos.

–¡Papá! –exclamó, corriendo hacia él–. ¡Papá, has vuelto!

Lo último que Jordan hubiera esperado era aquel ser diminuto lanzándose hacia él para abrazarse a sus rodillas. Y, de repente, experimentó una extraña sensación de impotencia.

Dios santo, ¿el niño creía que era Justin?

Jordan levantó la cabeza para mirar a Angie. Estaba pálida y tuvo que hacer un esfuerzo para hablar:

–Tiene muchas fotografías de Justin. Le he dicho que su papá está en el cielo, pero es tan pequeño...

Con mano firme, Jordan apartó al niño para sentarlo sobre la mesa de café.

Si había tenido alguna duda sobre la paternidad de Justin, desaparecieron de inmediato. Lucas tenía la piel morena de su madre, pero aparte de eso era un Cooper: la nariz recta, el hoyito en la barbilla, el remolino de pelo en la coronilla, igual que Justin y él.

Gemelos idénticos, una copia genética el uno del otro. Aquel niño tenía que ser hijo de Justin.

Lucas lo miraba con cara de adoración, pero le temblaba el labio inferior, como si intuyera que pasaba algo. Tal vez se preguntaba por qué su padre no parecía contento de verlo.

Jordan tuvo que contener el deseo de marcharse. Él no entendía a los niños y, si era sincero del todo, no le interesaban demasiado.

–Yo no soy tu padre, Lucas. Soy tu tío Jordan, el hermano de tu padre. Nos parecíamos mucho, eso es todo. ¿Lo entiendes?

Una lágrima rodó por la mejilla del niño y cuando Jordan miró a Angie sin saber qué hacer, ella le devolvió una mirada cargada de dolor.

Desde el día que se conocieron se había preguntado a qué sabrían esos generosos labios. Y lo había descubierto… algo que lamentaría siempre.

–Ven aquí, Lucas –Angie lo apretó contra su pecho, mirando a Jordan por encima de su cabeza–. Aún no me has dicho qué haces aquí –le espetó, con tono glacial.

Jordan dejó escapar un suspiro. ¿Por dónde podía empezar? Había ensayado el discurso en el coche, mientras iba hacia allí, y aunque esas palabras le parecían arrogantes y altivas no se le ocurría nada mejor.

–Tengo una obligación hacia mi hermano. Justin hubiese querido que su hijo tuviera todas las ventajas de su posición y su apellido, un hogar del que sentirse orgulloso, una buena educación, oportunidades en la vida, todo lo que nosotros podemos darle.

–Yo puedo darle cariño, que es lo más importante –replicó Angie–. Y cuando mi negocio empiece a prosperar, también podré ofrecerle todas esas ventajas. Si crees que voy a aceptar tu dinero…

–No estoy hablando de dinero.

En los ojos de Angie vio un brillo de pánico. ¿Pensaba que quería quitarle al niño?

Al notar la angustia de su madre, Lucas hizo un puchero.

–Escúchame –se apresuró a decir Jordan–. Os estoy invitando a vivir en el rancho. Hay mucho sitio en la casa y tendrás la independencia que necesites. En cuanto a Lucas…

–Espera un momento –lo interrumpió ella.

–No he terminado. Escucha lo que tengo que decir y luego dime lo que piensas.

Suspirando, Angie apartó un poco al niño para mirarlo a los ojos.

–Cariño, vuelve a tu habitación a jugar. Si eres bueno, después haremos palomitas y veremos una película juntos.

Cuando Lucas salio del salón, Angie se volvió para mirar a Jordan.

–¿Cómo se te ha ocurrido esa idea? Tu madre apenas me dirigía la palabra cuando Justin vivía. Tenerme en su casa ahora, a pesar de Lucas, sería un desastre para todos.

Jordan negó con la cabeza.

–Hace dos años, tras la muerte de mi padre, mi madre se mudó a una urbanización para personas retiradas y dijo que nunca volvería al rancho. Demasiados recuerdos.

–¿Entonces vives allí solo?

Jordan se preguntó si estaría pensando lo mismo que él.

Los dos solos en el rancho por las noches, mientras Lucas dormía…

Pero aplastó esa idea antes de que tomase forma. Tenía muchas razones para odiar a aquella mujer, pero eso no significaba que no pudiera disfrutar teniéndola en su cama. Aunque eso no iba a ocurrir. Angie lo odiaba por ese beso tanto como él se odiaba a sí mismo.

–En el rancho siempre hay gente. Empleados, peones que van y vienen… y por supuesto tendrías un coche para ti sola.

Ella se miró las manos sin decir nada. En el incómodo silencio, Jordan leyó la pregunta.

–No me verías mucho –añadió–. Paso tres o cuatro días a la semana en la ciudad y viajo a menudo. Incluso en casa apenas tendrías que verme.

Angie se puso colorada y Jordan supo lo que estaba pensando. Demonios, él había pensado lo mismo en cuanto abrió la puerta del apartamento.

–Deja que te aclare una cosa: si quien te preocupa soy yo, te aseguro que jamás haré nada que te haga sentir incómoda. Lo único que quiero es lo mejor para el hijo de mi hermano.

Ella levantó la cabeza.

–Si quieres lo mejor para él, vete y déjanos en paz.

–Maldita sea, Angie, mira el vecindario en el que vives. El niño ni siquiera puede salir a la calle a jugar. Piensa en la vida que podría tener en el rancho: espacios abiertos, animales, gente cariñosa cuidando de él…

–No voy a permitir que digas que no sé cuidar de mi hijo. Este apartamento no está en un barrio lujoso, pero nos va bien y no necesitamos ayuda.

–¿Cómo puedes…?

–Escúchame, Jordan. Mis padres eran emigrantes –empezó a decir Angie–. Trabajaban en el campo de la mañana a la noche para que sus hijos pudiesen tener una vida mejor. No siempre teníamos suficiente para comer, pero nunca aceptaron caridad y yo no pienso hacerlo ahora.

Él tuvo que hacer un esfuerzo para contener su impaciencia. ¿Qué le pasaba a aquella mujer? ¿No entendía que no estaba ofreciéndole caridad sino lo que le correspondía al niño por ser hijo de su hermano? El rancho sería algún día la herencia de Lucas.

–No se trata de caridad. Lucas es el hijo de mi hermano y tiene derecho a…

–Tiene derecho a aprender el valor del trabajo y a ganarse la vida. Yo puedo darle una educación, que es lo más importante –Angie se levantó, temblando–. Así que puedes irte cuando quieras. No necesitamos tu ayuda y no la queremos.

Jordan se levantó también. Le sacaba una cabeza, pero ella lo fulminó con la mirada. Hora de retirarse para pensar en otra solución.

–Muy bien. Como no quieres aceptar mi ayuda, lo único que puedo hacer es marcharme, pero si cambias de opinión…

–No cambiaré de opinión. Adiós, Jordan.

Sin decir una palabra, Jordan salió del apartamento y, de inmediato, oyó que Angie cerraba el cerrojo y ponía la cadena.

Era una orgullosa, pensó. Al rechazar su oferta había cometido un error y no merecía otra oportunidad.

Pero el hijo de Justin sí merecía todas las oportunidades y era su responsabilidad ofrecérselas.

Recordaba la alegría en el rostro de Lucas al verlo, pensando que su padre había vuelto…

Después de ver al niño, Jordan supo que no podía darle la espalda. No podía hacer que Angie aceptase su oferta, pero sí dejarle un número de contacto por si cambiaba de opinión.

Suspirando, sacó una tarjeta de la cartera y anotó su número privado en el dorso antes de meterla bajo la puerta. Angie seguramente la rompería en pedazos, pero tenía que arriesgarse. Había en juego algo más que el orgullo de una mujer, mucho más de lo que Angelina Montoya sabría nunca.

Capítulo Dos

Angie daba vueltas en la cama, incapaz de conciliar el sueño. A través de las baratas persianas de plástico, la luz de una farola creaba sombras en la pared.

En la calle oyó el estruendo de una motocicleta…

La tarjeta de Jordan estaba sobre la mesilla. Debería haberla tirado. No iba a ponerse en contacto con él porque no pensaba aceptar su oferta. Lucas y ella estaban perfectamente. Tenían un techo sobre sus cabezas, comida en la nevera, ropa y dinero para llenar el tanque de gasolina de su Toyota.

Pero no dejaba de darle vueltas a esa visita…

¿Y si su negocio fracasaba? Tendría suerte si encontrase un trabajo con el que poder pagar el alquiler. ¿Y si se ponía enferma? O peor ¿y si Lucas se ponía enfermo?

Ella no tenía seguro médico.

¿Y qué pasaría en los próximos años? ¿Podría pagar su educación, las excursiones, las clases de música? ¿Podría pagarle la universidad?

¿Y qué pensaría Lucas al saber que la familia de su padre era rica y ella lo había criado en la pobreza por no aceptar su ayuda?

Aquel día había recibido una oferta que podría terminar con todas sus preocupaciones, pero el orgullo era solo parte de la razón por la que se había negado a aceptarla. Para darle a su hijo una vida mejor estaría dispuesta a todo… tal vez si la oferta la hubiera hecho la madre de Justin habría aceptado.

¿Entonces por qué no aceptaba la de Jordan?

El recuerdo de la aciaga noche de Año Nuevo se le vino a la cabeza como una película. Una antigua compañera de los mellizos Cooper había organizado una fiesta en su casa y Angie y Justin habían ido juntos. Jordan había llegado un poco después, solo, y para entonces Justin ya había bebido más que suficiente. Su anfitriona, recientemente divorciada, le prestaba demasiada atención, y lo peor de todo era que a él no parecía importarle. Poco después los descubrió en la cocina, abrazados, y decidió que ya había tenido más que suficiente.

Cuando se dirigía a la puerta se encontró con Jordan y, a pesar de su eterna animosidad, le pareció como un faro en medio de una tormenta. Desesperada, le había pedido que la llevase a casa.

Hacía mucho frío esa noche, pero el interior del Mercedes estaba calentito y, mientras se ponía el cinturón de seguridad, Angie se echó a llorar.

Aquella misma mañana, en el cuarto de baño, había mirado con incredulidad el puntito rosa en la prueba de embarazo. Estuvo atónita durante todo el día, preguntándose cuándo y cómo contárselo a Justin y, de repente, lo había pillado besando a otra mujer…

Angie apartó las lágrimas de un manotazo, furiosa, y Jordan sacó unos pañuelos de papel de la guantera. No le había contado nada, pero aparentemente él había sacado sus propias conclusiones.

–Lo siento –se disculpó–. Quiero mucho a mi hermano, pero cuando bebe un par de copas puede ser un auténtico imbécil.

Angie se sonó la nariz con un pañuelo. Había oído decir que el embarazo hacía que las mujeres se volvieran más sensibles y debía ser verdad porque cuando el Mercedes se detuvo en la puerta de su casa se lo había contado todo.

Jordan apagó el motor y se volvió hacia ella.

–¿Estás mejor? –le preguntó preocupado.

Angie levantó la cara, con los labios temblorosos y la máscara de pestañas corrida.

Jordan murmuró algo que podría haber sido una palabrota, no estaba segura. Luego, de repente, la abrazó, y ella lloró sobre su hombro.

Al principio, él se limitó a pasarle una mano por la espalda para consolarla. Angie recordaba el aroma masculino de su piel, el calor del coche, la sensación de estar segura. Sus brazos eran fuertes, su aliento consolador. No había ninguna razón para que le gustase Jordan Cooper, pero esa noche lo necesitaba.

¿Era porque sus hormonas estaban descontroladas?, se preguntó Angie, recordando. ¿Porque Justin le había roto el corazón o porque su estado emocional había despertado un deseo escondido? Nunca lo sabría.

Angie levantó la cabeza, con los labios entreabiertos. Le había parecido natural que la besase, pero no había anticipado el deseo que explotó en ella.

Un gemido ronco de sorpresa escapó de la garganta de Jordan y el beso se volvió apasionado. Suspirando, ella tiró de su cabeza hacia abajo, enredando los dedos en su pelo, abriendo la boca para recibir la invasión de su lengua.

Jordan metió las manos bajo su abrigo y ella dejó escapar un gemido cuando le acarició los pechos. Estaba perdiendo el control, como si estuviera borracha y no pudiese parar. Cuando él pasó un dedo por el bajo del vestido, sus piernas se habían abierto en franca invitación.

Pero eso no podía ser, le dijo una vocecita. Aquel hombre ni siquiera había intentado ser su amigo. Y el oportunista de Jordan no se pararía ante nada para romper el compromiso con su hermano.

De repente, todo tenía sentido: Jordan quería acostarse con ella para contárselo a Justin y celebrar luego su victoria.

Y ella estaba poniéndoselo facilísimo.

—¡No! —exclamó, apartándose para darle una sonora bofetada. Luego salió del coche y Jordan no intentó detenerla.

Al día siguiente, Justin apareció en su casa con un ramo de flores. Pero, incluso después de hacer las paces, Angie decidió esperar un poco antes de hablarle del embarazo.

Y nunca le contó lo que había ocurrido con Jordan.

La siguiente vez que vio a Jordan Cooper fue el día de su cumpleaños, cuando fue a decirle que Justin había muerto en un accidente de avioneta.

Angie se dio la vuelta y golpeó la almohada con el puño. Jordan siempre tenía intenciones ocultas y no había ninguna razón para pensar que no las tuviese en aquel momento.

¿Qué podía querer? Seguramente querría controlar al hijo de su hermano por cuestiones económicas. Pero fueran cuales fueran sus intenciones, sería una tonta si confiara en él.

La cuestión era que no confiaba en Jordan.

Y no estaba segura de confiar en sí misma.

Desde la calle, un estruendo de gritos y carreras interrumpió sus pensamientos. Entonces sonó un disparo, seguido de dos más. Una bala dio en el alféizar de la ventana, otra en el marco...

–Mamá, tengo miedo –Lucas estaba en la puerta de su dormitorio, abrazado a su osito de peluche.

¡Una de las balas podría dar a Lucas!

–¡Tírate al suelo, Lucas! ¡Ahora mismo! –gritó Angie, saltando de la cama. Con el corazón acelerado, se colocó sobre su hijo para protegerlo con su cuerpo mientras otra bala rompía el cristal de la ventana y se clavaba en el colchón.

Había peleas entre pandillas en aquella zona de la ciudad, pero nunca la habían tocado tan de cerca. Y pasó una eternidad hasta que oyó la sirena de un coche de policía.

Lucas había empezado a llorar.

–Acaba de llegar la policía, cariño –susurró Angie–. No te muevas, no va a pasar nada.

Y no iba a pasarle nada, se juró a sí misma. Sacaría a su precioso hijo de aquel barrio y le daría una vida decente, aunque para eso tuviera que hacer un trato con el diablo.

Alargando el brazo, encendió la lámpara y buscó a tientas la tarjeta de Jordan.

Angie estaba en el balcón, mirando el patio de la casa Cooper. Los últimos rayos del sol daban un color ámbar a las paredes de adobe, que tenían más de cien años, y el tintineo de la fuente de piedra se mezclaba con el canto de los pájaros.

Había olvidado lo encantador que era aquel sitio. Todo era perfecto, desde los techos artesonados a las alfombras indias, la cerámica de la tribu Pueblo o los dos cuadros de Georgia O'Keefe a cada lado de la chimenea.

La noche anterior, cuando llamó a Jordan por teléfono, él había respondido de inmediato, casi como si hubiera estado esperando su llamada, pero su tono era tan brusco que Angie sospechó que no estaba solo.

Dos hombres del rancho habían ido a buscarlos al amanecer. Habían guardado los juguetes de Lucas, el ordenador de Angie y algunos objetos personales en cajas y en menos de una hora se dirigían al rancho.

Marta, el ama de llaves, les había mostrado sus habitaciones en el piso de arriba, en la zona de invitados, donde ya esperaban sus cajas.

La mujer se había mostrado fríamente amable y Angie recordó que había visto crecer a los mellizos y que Justin había sido siempre su favorito.

No iba a ser fácil vivir en una casa en la que todos la veían como el enemigo, pero Lucas parecía contento de estar allí y, por su hijo, haría lo que tuviese que hacer.

No había visto a Jordan, había prometido dejarla en paz, pero una palabra de bienvenida no habría estado de más. En aquel momento, cuando empezaban a aparecer las primeras sombras de la noche, Angie no podía evitar sentirse como una extraña a la que nadie quería allí.

Jordan se detuvo en la puerta, estudiando a Angie apoyada en la barandilla del balcón. Llevaba un vestido de color turquesa con zapatos planos.

Por un momento, se encontró deseando borrar el pasado y conocerla por primera vez, pero era una fantasía absurda.

Jordan se aclaró la garganta para avisarla de su presencia.

–La cena está en la mesa. ¿Dónde está Lucas?

–Ha tomado cereales y ya está durmiendo –respondió ella–. Ha sido un día muy largo.

–¿Está contento de haber venido al rancho?

Angie sonrió.

–Para él, esto es como Disneylandia. Nunca lo había visto tan emocionado.

–¿Y tú? –le preguntó Jordan.

Cuando Angie se colocó a su lado para bajar al comedor, tuvo que hacer un esfuerzo para no ponerle una mano en la espalda.

–Esto no tiene nada que ver conmigo, es por mi hijo.

–No te he traído aquí para castigarte, Angie. ¿Necesitas algo?

–Tiempo, seguramente. Pero no es tu obligación hacerme feliz. Soy mayorcita y puedo arreglármelas sola.

Le llegaba el aroma de su perfume, una fragancia floral que lo hizo tragar saliva y volver atrás en el tiempo.

Solo había querido consolarla aquella noche de Año Nuevo, pero le había resultado imposible controlar la situación. Cuando rozó su muslo desnudo, el deseo se había apoderado de él y no había pensado en las consecuencias.

Afortunadamente, la bofetada de Angie hizo que recuperase el sentido común, pero ese recuerdo se le había quedado grabado en la memoria. El daño estaba hecho y no había manera de dar marcha atrás.

–No me he disculpado por haberte despertado anoche –empezó a decir ella–. Pero es que Lucas estaba tan asustado…

–Hiciste lo que debías. Además, no me despertaste. Estaba ocupado. Me habría gustado ir esta mañana para ayudarte a guardar las cosas, pero tenía una reunión urgente en la ciudad. Acabo de llegar a casa.

–Una reunión –repitió Angie–. Justin siempre decía que los negocios eran el amor de tu vida y que a veces tenía que sacarte a la fuerza de tu despacho para que pasaras un rato con la familia.

Habían llegado al primer piso. La luz del salón estaba apagada, pero les llegaba la luz del comedor.

–Hay muchas maneras de ocuparse de la familia –dijo él–. Si no fuera por mis negocios, tendríamos que haber vendido parte del rancho para conservarlo. Imagina casas horribles en todas direcciones... –Jordan sonrió–. ¿Tienes hambre?

–Sí, mucha.

La sonrisa era forzada. Estar con Angie reabría viejas heridas, probablemente tanto para ella como para él. ¿Pero durante cuánto tiempo podrían mantener aquella farsa?

La mesa era una reliquia de los tiempos en los que el rancho estaba siempre lleno de invitados. Esa noche, Angie y Jordan se sentaron solos para cenar pollo asado con una ensalada verde. Carlos, el tímido sobrino de Marta, se mostró amable con ella mientras servía la cena. Claro que él no estaba allí cuatro años antes, pensó Angie. Y tal vez no habría conocido a Justin.

Luego miró a su compañero de mesa. Ella nunca había tenido ningún problema para distinguir a Justin y Jordan, pero esa noche, con Jordan haciendo un esfuerzo por mostrarse amable, el parecido era increíble. Salvo por lo incómodo de la situación, podría haber sido Justin quien estaba a su lado, sonriendo y charlando sobre cosas sin importancia.

–Mañana no tengo nada que hacer y he pensado que a Lucas le gustaría ver el rancho… contigo, claro.

¿No había decidido mantener las distancias? Angie tuvo que contener el deseo de recordárselo.

–Qué coincidencia, tampoco yo tengo nada que hacer mañana.

–Podemos ir a caballo y organizar una merienda a la orilla del río. Tenemos una yegua muy dócil para Jordan.

–Suena bien.

El silencio se volvió incómodo y Angie intentó encontrar un nuevo tema de conversación.

–Me sorprende que no te hayas casado.

–Lo estuve, hace tres años. Pero, como ves, no salió bien.

–¿Puedo preguntar qué pasó?

–Lo que era de esperar: ella quería una vida social y yo estaba siempre trabajando. Yo quería una familia, ella quería pasarlo bien y apareció otra persona –Jordan tomó un sorbo de vino–. Aunque no puedo decir que la culpe por lo que pasó. Después de seis meses, los dos decidimos separarnos.

–¿Tú querías una familia? –le preguntó Angie, sorprendida.

–Tras la muerte de Justin pensé que le debía a mis padres intentar que el apellido Cooper no se perdiera, pero no fue buena idea. No tengo paciencia para ser un marido decente, y mucho menos para ser un padre decente.

Angie sintió un escalofrío. ¿Era por eso por lo que había llevado a Lucas allí, para tener un heredero?

Era una carga terrible para un niño tan pequeño. Aunque debería haberlo imaginado. Jordan no estaba pensando en Lucas, estaba buscando una manera conveniente de librarse del deber hacia su familia.

¿Qué significaría eso para ella? ¿Estaría planeando echarla de allí tarde o temprano? ¿Y si decidía marcharse? ¿Y si conocía a alguien y decidida casarse? ¿Pediría Jordan la custodia del hijo de su hermano?

Angie miró su plato, sin apetito.

–Debería subir a la habitación. Puede que Lucas esté despierto y se haya asustado al encontrarse en un sitio que no conoce.

–Iré contigo –se ofreció Jordan.

–No hace falta. Termina la cena –Angie se levantó a toda prisa para dirigirse a la escalera, pero con las prisas golpeó la esquina de una mesa...

Algo cayó al suelo, haciéndose pedazos. Su primer pensamiento fue que debía ser algo carísimo. Que ella supiera, Meredith Cooper nunca había pagado menos de mil dólares por cualquier pieza de cerámica.

Su segundo pensamiento fue que ese algo le había hecho un corte porque sentía un dolor agudo en la rodilla. Cojeando, se acercó a un taburete.

–¿Te has hecho daño? –le preguntó Jordan, emergiendo de la oscuridad.

–Pagaré lo que haya roto –murmuró ella–. Da igual lo que cueste…

–No te preocupes por eso, toda la cerámica de la casa está asegurada. Vamos a ver qué te has hecho.

Jordan encendió una lámpara y, mientras exploraba su rodilla con los dedos, Angie no podía dejar de notar su proximidad, el sonido de su respiración, el aroma de su colonia.

–Tienes un buen hematoma. Será mejor que te pongas una bolsa de hielo… espera un momento, voy a la cocina.

–No te molestes, estoy bien –murmuró ella, con el corazón acelerado. Tenía que alejarse de Jordan.

–No es ninguna molestia, vuelvo enseguida.

Angie esperó hasta que la puerta se cerró tras él, pero luego se levantó y, cojeando, subió la escalera.

Lucas seguía profundamente dormido. Angie sonrió con ternura. Su hijo era tan precioso, tan inocente. Y ella era la única persona que podía protegerlo.

Solo quería lo mejor para él. ¿Estaba más seguro allí, sin pandillas, sin peligros, o estaría mejor lejos del hombre frío y calculador cuyas intenciones aún no conocía?

En silencio, metió la mano en una de las cajas y sacó una fotografía de Justin. Aquel hombre era el padre de Lucas, no el impostor que se escondía bajo el mismo rostro. Tendría que recordar eso y hacer que su hijo lo recordase también.

***

A la mañana siguiente, Jordan estaba tomando café cuando un despeinado enanito apareció en la puerta de la cocina. El remolino de su coronilla tieso, la camiseta azul fuera del pantalón y las zapatillas desatadas.

–¿De verdad no eres mi papá? –le preguntó, después de mirarlo en silencio durante unos segundos.

–De verdad no soy tu papá –Jordan intentaba no pensar en la inesperada emoción que experimentaba al mirar al niño–. Soy tu tío Jordan y así es como debes llamarme. ¿Dónde está tu madre?

–Dormida –respondió Lucas, mirando alrededor–. Tengo hambre. ¿Qué hay de desayuno?

Jordan se levantó. Marta no llegaría hasta las ocho y apenas eran las siete, pero no podía dejar a un niño con hambre tanto tiempo.

–¿Qué te apetece?

–Tortitas.

–Muy bien, veremos lo que puedo hacer.

Después de reunir sartenes y utensilios, Jordan se puso a trabajar. Las primeras tortitas se pegaron al fondo de la sartén y acabaron en la basura, para regocijo de Lucas, pero en el siguiente intento tuvo más suerte y pudo poner tres tortitas decentes en el plato del niño.

Pero Lucas miró las tortitas y sacudió la cabeza.

–¿Qué pasa, no te gustan?

–Mi mamá las hace en forma de osito.

¿Dónde demonios estaba su madre? Jordan suspiró.

—¿Y cómo se hace un osito?

—Así —Lucas colocó las tortitas formando una cara con orejas—. Pero la cabeza es más grande... y se pega.

—No me puedo creer que esté haciendo esto —murmuró Jordan mientras volvía a echar masa en la sartén. Pero, con mucho cuidado, logró hacer algo parecido a un osito—. ¿Qué tal? —le preguntó.

—No son tan bonitas como las de mi madre, pero la próxima vez te saldrán mejor.

Sonriendo, Jordan siguió tomando su café mientras Lucas devoraba el desayuno.

Estaba empezando a darse cuenta de cómo el niño, y la madre del niño, iban a afectar a su ordenada vida. Tenerlos allí no sería fácil, pero si así podía pagar la deuda que tenía con su familia...

—¡Lucas Montoya! ¿Dónde te habías metido? —Angie apareció en la puerta de la cocina, en vaqueros, descalza, despeinada y echando humo por las orejas.

A Jordan se le ocurrieron dos cosas al mismo tiempo: la primera, que incluso a esa hora de la mañana Angelina Montoya estaba guapísima. La segunda, que no le había dado a su hijo el apellido Cooper. Pero tarde o temprano, quisiera ella o no, ese asunto tendría que remediarse.

—El tío Jordan me ha hecho tortitas en forma de osito —dijo Lucas, sonriendo de forma irresistible.

—Ah, vaya —murmuró ella, sacudiendo la cabeza–. No tenías que hacerlo, Jordan. Llevo años haciéndole el desayuno a mi hijo y no hay razón para que eso cambie.

Lo miraba como si hubiese intentado secuestrar al niño, pero Jordan entendió el mensaje.

–Yo estaba aquí y Lucas tenía hambre –respondió–. Siéntate y haré tortitas para ti también. ¿Quieres ositos?

–Solo café, yo me haré el desayuno.

–Las tazas están en ese armario –Jordan intentaba mostrarse alegre–. ¿Le has dicho a Lucas que vamos a montar a caballo?

–¡Como los vaqueros! –exclamó el niño.

–Tal vez –dijo Angie–. Primero toma el desayuno, ve a lavarte y haz tu cama. Luego ya veremos.

–¡Seré tan rápido como el rayo, ya lo verás!

Lucas limpió su plato y salió corriendo de la cocina. Riendo, Angie fue tras él.

Jordan la siguió con los ojos. Era una buena madre, cariñosa y protectora, pero firme. Había educado bien a Lucas, pero el niño era un Cooper y Justin hubiera querido que heredase el rancho y el dinero que le correspondía.

Aunque estaba empezando a darse cuenta de lo que había hecho. Aquel no era un arreglo temporal. El hijo de Justin era menor de edad y, por el momento, Angie tenía la custodia, de modo que podría marcharse al día siguiente y llevárselo donde quisiera. Incluso podría casarse y darle el apellido de otro hombre.

Pero él no dejaría que eso pasara.

No podía devolverle la vida a Justin o cambiar los trágicos eventos que él había puesto en marcha sin querer, pero hacer que el hijo de su hermano formase parte de la familia Cooper sería una forma de redención.

Necesitaría un buen abogado para asegurar el sitio de Lucas en la familia y el proceso legal podría durar algún tiempo, especialmente si Angie no quería saber nada de los Cooper. Por el momento, dependía de él que tanto Angie como el niño fuesen felices allí.

A las nueve habían tomado el camino. La dócil yegua de Angie se movía despacio y Lucas reía, encantado.

El camino, rodeado de pinos piñoneros, bajaba hasta un arroyo rodeado por árboles de yuca. Angie sabía que a lo lejos el camino se estrecharía, terminando en una cascada que caía por la pared de un cañón.

Había estado allí con Justin más de una vez y, después de nadar un rato, habían hecho el amor sobre una manta, disfrutando del sonido de la cascada...

En aquel momento, Jordan iba delante de ella sobre su espléndido palomino, que solía ser el favorito de su hermano.

Sintió que le ardía la cara al recordar la noche anterior, cuando Jordan le había tocado la pierna...

La intensidad de su repuesta la había asustado. Intentaba decirse a sí misma que era por su parecido con Justin, pero esa no era una explicación aceptable. Justin había muerto y tras ese rostro tan querido había una persona completamente diferente.

Aquel día, con unos vaqueros gastados, una camisa de cuadros y un viejo sombrero Stetson, Jordan parecía más relajado que nunca.

Lucas no dejaba de hacer preguntas a las que él respondía con sorprendente paciencia.

—¿Eres un vaquero de verdad, tío Jordan?

—No, yo solo juego a ser vaquero. Pero en el rancho hay vaqueros de verdad. Trabajan aquí, cuidando de las vacas y los caballos.

—¿Yo también puedo ser un vaquero?

—Puedes jugar a serlo, como yo.

—¿Y puedo tener un caballo?

—Lucas —dijo Angie, con tono de advertencia— no debes pedirle tantas cosas a tu tío.

Jordan volvió la cabeza.

—Para tener un caballo propio debes ser lo bastante alto como para montar y cuidar de él. Pero eres lo bastante mayor como para tener un cachorro.

—¡Un cachorro! —exclamó el niño, emocionado.

—Solo si a tu madre le parece bien, por supuesto.

—Hablaremos de ello más tarde —dijo Angie.

Por su hijo, vivirían bajo el mismo techo e incluso se mostraría amable con él, pero no iba a dejarse engañar por esa fachada del tío atento y cariñoso.

Jordan seguía teniendo intenciones ocultas, como siempre.

Llegó la hora del almuerzo. Habían colocado una manta sobre la hierba y, después de comer las empanadas y galletas de piñones que había hecho Marta, Lucas se quedó dormido.

–Parece que vamos a estar aquí un buen rato –Jordan apoyó la espalda en una roca y cruzó los tobillos.

–Sí, me temo que sí.

Su sonrisa, tan parecida a la de Justin, hizo que Angie tragase saliva.

–Sobre ese cachorro… Deberías haberlo comentado antes conmigo, Jordan. Dejar que Lucas se haga ilusiones es injusto para el niño. Y si digo que no, yo seré la mala.

–¿Y por qué ibas a decir que no? El niño necesita jugar y un perro sería bueno para él.

–Tal vez, pero no eres tú quien debe tomar esa decisión –respondió Angie–. Yo soy su madre y yo decidiré cuándo compramos un cachorro.

–Es el hijo de mi hermano. ¿Yo no tengo nada que decir?

–El hijo de tu hermano, es verdad –asintió ella, intentando contener su enfado–. Pero tú solo lo conoces desde hace unos días. ¿Cómo vas a saber lo que es bueno para él? –tuvo que hacer un esfuerzo para controlar las lágrimas.

–Angie, solo he sugerido que podría tener un cachorro.

–Y ahora se ha hecho ilusiones. Deberías haber

hablado antes conmigo y yo te habría dicho que esperases un poco.

–¿Por qué esperar? Un cachorro lo ayudaría a acostumbrarse al rancho.

Angie miró a su hijo.

–No parece tener ningún problema para acostumbrarse. ¿Pero y si no nos quedásemos aquí? ¿Tú sabes lo difícil que es alquilar un apartamento cuando tienes un perro? Si tuviéramos que dejarlo aquí, Lucas se llevaría un disgusto tremendo.

–¿Y por qué no ibais a quedaros? –insistió Jordan, irguiéndose.

A Angie se le aceleró el pulso cuando él clavó en ella sus ojos grises.

–No lo sé…

–Te he dicho que esta es tu casa, tuya y de Lucas.

–Puede que te parezca egoísta, pero si encuentro una oportunidad que me lleve a otro sitio, no pienso desperdiciarla. Y no voy a dejar aquí a mi hijo.

–Pero no hay ninguna razón para que busques oportunidades en otro sitio –insistió Jordan–. Nadie ha dicho que tengas que dejar de trabajar. Tendrás tu propio coche y podrás ir a la ciudad cuando quieras. Podrás trabajar, conocer gente… de hecho, he decidido organizar una fiesta este fin de semana.

–¿Y tú? –insistió ella, sin dejarlo hablar–. Tú podrías volver a casarte y tener hijos y entonces seríamos una carga. Tu mujer no nos querría aquí.

–¿Por qué tienes que hacerlo todo tan difícil?

Jordan había levantado la voz sin darse cuenta y Lucas se despertó.

—¿Ya es hora de irse a casa?

—Cuando tú digas, renacuajo.

—¿Puedo ir en tu caballo?

Jordan miró a Angie.

—Eso depende de tu madre.

—Me parece bien —dijo ella, volviéndose para que no viese que estaba enfadada.

De nuevo, si decía que no quedaría como la mala. Parecía hacerlo a propósito.

Jordan subió a Lucas a la silla y se sentó tras él. La sonrisa del niño le iluminaba toda la cara y Angie suspiró. Estaba perdiendo la batalla, pero tenía que proteger a su hijo de aquel manipulador, de aquel hombre que podría romperle el corazón.

¿Qué había pasado esa mañana? Había intentado ser amable, pero Angie estaba enfadada y, al final, él había respondido del mismo modo. Si Lucas no hubiera despertado habrían terminado peleándose.

Y no tenía nada que ver con el cachorro sino con Justin.

El recuerdo apareció en su mente de nuevo: el puñetazo de Justin, el portazo. Si hubiera sabido lo que iba a pasar después…

Pero no podía cambiar el pasado, solo podía intentar construir un futuro de la mejor manera posible. Por eso necesitaba a Lucas.

Tal vez debería sincerarse con Angie y contarle toda la historia, pero no sería buena idea. Si supiera la verdad sobre la muerte de Justin, y su propio papel en la tragedia, no volvería a dirigirle la palabra. Se llevaría a Lucas y no volvería a verlo.

Era casi la una de la madrugada cuando Angie bajó a la cocina con una bandeja. Encendió la luz de la campana extractora y enjuagó los platos antes de meterlos en el lavavajillas.

Luego, a oscuras, salió al patio. Un gemido escapó de sus labios mientras se dejaba caer sobre uno de los bancos. No había montado a caballo en mucho tiempo y le dolía todo el cuerpo. Una luna en cuarto menguante brillaba sobre las montañas Sangre de Cristo. La brisa nocturna llevaba ya el frío del otoño...

—Precioso, ¿verdad?

La voz de Jordan hizo que a Angie se acelerase el pulso.

—Sí, es muy bonito.

—He visto luz en la cocina. ¿Necesitas algo?

—No, gracias.

—Te he echado de menos durante la cena. Además, pensaba pedirte disculpas por haber hablado del cachorro sin consultarte.

¿Jordan Cooper disculpándose? El instinto le dijo que se mantuviese alerta.

—Estaba trabajando. Mis clientes dependen de mí para mantener al día sus páginas web.

–Algo me dice que trabajas demasiado –Jordan le puso una mano en el hombro para darle un suave masaje.

Una vocecita le advertía que Jordan Cooper nunca hacía nada sin un propósito y hasta que estuviera segura de cuál era ese propósito no debería aceptar nada de él. Debería apartarse, pero el roce de su mano era tan agradable para sus doloridos músculos…

–¿Te sientes mejor?

Angie tembló cuando tocó el broche del sujetador por encima de la camiseta.

–Sí –murmuró, casi sin voz.

–Imagino que te duele todo después de la excursión. Tenemos un *jacuzzi*. Si te apetece…

De nuevo, su natural precaución le advertía que dijese que no, pero la idea de meterse en un *jacuzzi* era tan tentadora.

–No, gracias –dijo, sin embargo.

–Hay un vestidor al lado de la piscina. Mi madre guarda allí bañadores, albornoces y todo lo que un invitado pueda necesitar. Venga, no te quedan excusas. Yo voy a calentar el agua.

Aquello era un error y, mientras buscaba un bañador, Angie lo sabía. Cada minuto que pasaba con Jordan le quitaba otra capa de defensas. Se parecía tanto a Justin y, sin embargo, eran tan diferentes.

Tiró su ropa sobre un banco y, con un albornoz del brazo, salió del vestidor.

Empezaba a hacer frío y una nube de vapor se elevaba del *jacuzzi*.

Angie dejó el albornoz sobre un taburete y después de meterse en el agua calentita cerró los ojos...

Era como estar en el cielo.

Sonriendo, abrió los ojos y solo entonces se dio cuenta de que no estaba sola. Porque al otro lado del *jacuzzi*, Jordan le sonreía.

Capítulo Tres

–No sabía que iba a ser una fiesta –dijo Angie, claramente molesta.

Tal vez pensaba que quería seducirla, pero esa no era la intención de Jordan. Solo esperaba que se relajase, tal vez lo suficiente como para mantener una conversación civilizada que no terminase con ella marchándose a su habitación. Pero verla así, con los rizos enmarcando su cara y esa camiseta mojada pegándose a su piel, le llenaba de todo tipo de ideas la cabeza.

–¿Quieres que haga unos mojitos? –bromeó–. Puedo hacerlos, solo tienes que pedírmelo.

–No, muchas gracias. Este jacuzzi es maravilloso, pero no lo había visto nunca…

–Lo construí para mi madre, para ayudarla con su artritis.

Y su madre no lo había usado nunca, recordó Jordan. Se había marchado del rancho antes de que estuviese terminado.

–¿Qué tal Lucas después del paseo? –le preguntó, para cambiar de tema–. ¿Lo ha pasado bien?

–No habla de otra cosa. De eso y del cachorro –respondió ella, apartándose el pelo de la cara.

Angie no lo sabía, pero sus pezones eran visibles

bajo el bañador y Jordan tuvo que apartar la mirada, aunque la erección debía notársele.

Salvo por aquel beso en el coche, Jordan había disimulado siempre lo que sentía.

Pero estaba allí, cálida, sexy. Ya no era la novia de Justin, pero seguía sin estar a su alcance y la ironía lo volvía loco.

Jordan masculló una palabrota. Si intentaba seducir a Angie corría el riesgo de que ella hiciese las maletas, pero en aquel momento era tan apetecible como un helado de tres pisos. Tenía que hacer un esfuerzo sobrehumano para no acercarse a ella y...

¡Maldita fuera!

—Has ganado este asalto, Jordan —dijo ella entonces—. Lucas no me dejará en paz hasta que tenga un cachorro, pero te lo advierto: si vuelves a hacer algo así sin preguntarme antes...

—No te preocupes, he aprendido la lección.

Su mirada traviesa era tan sensual que Jordan tuvo que contener un gemido. Él sabía que no podía hacer nada, pero estaba deseando tocarla y no hacerlo era insoportable.

—No hemos terminado con el masaje —le dijo, con voz ronca.

Angie abrió los labios, pero no dijo nada mientras él se acercaba para seguir dándole un masaje en los hombros. Se había prometido no tocarla de manera inapropiada, pero aquel masaje era solo para relajarla, se dijo a sí mismo.

La oyó contener el aliento cuando hizo presión con los pulgares en la base del cuello. Era pequeña y aparentemente frágil, pero Jordan sabía que Angelina Montoya no era una mujer con la que se pudiera jugar. Y debería recordarlo si iban a compartir casa.

Angie contuvo un gemido mientras le masajeaba el cuello. Lo que había empezado como un casto masaje pronto se convirtió en algo cálido y sensual... Casi había olvidado cómo era el roce de las manos de un hombre.

Sus terminaciones nerviosas parecían despertar a la vida bajo la presión de los dedos de Jordan, que provocaban en ella un deseo inesperado. Estaba perdiendo el control y no podía hacer nada para evitarlo.

Debería decir algo, pensó, hablar sobre cualquier cosa. Pero su mente no parecía obedecerla y Jordan tampoco decía nada. Sus pezones se contrajeron...

¿Cómo sería sentir las manos de Jordan apretándole los pechos? Quería que lo hiciera.

Cuando metió los dedos para masajearle la base de la espalda, el roce le despertó un río de lava entre las piernas.

Jordan subió la mano por la espina dorsal...

Y se detuvo de repente.

—El masaje ha terminado.

—Te hice una promesa y pienso cumplirla, así que vámonos a la cama. Se hace tarde y mañana tengo cosas que hacer.

Con la cara ardiendo, Angie salió y tomó el albornoz.

–¿Tú no vienes?

–En un minuto –respondió él, mirando hacia abajo.

Solo entonces entendió. El aparentemente inocente masaje también lo había afectado a él… y de una forma que un hombre no podía disimular.

Casi corriendo, Angie entró en el vestidor.

¿Cómo podía haber dejado que eso pasara?

Esa noche, estuvo despierta en la oscuridad durante mucho tiempo, pensando.

Estaba segura de que la había culpado por el accidente de avioneta en el que murió su hermano. Si hubiera aceptado el dinero que le ofrecían y se hubiera marchado, Justin seguiría vivo.

Jordan tenía razones para odiarla.

Lucas, necesitado de una figura paterna, estaba cayendo bajo su hechizo. ¿Estaba hechizándola a ella también?

Su amistoso masaje la había excitado como nunca, dejándola desconcertada, pero Jordan sabía lo que hacía.

¿Cómo podía haber olvidado aquella noche de Año Nuevo en su coche, cuando sus besos la habían hecho desear algo que no debería? Entonces Jordan tenía intenciones ocultas, como las tenía en aquel momento.

Ella solo era una herramienta que usaba para salirse con la suya. Entonces había querido separarla de Justin, en aquel momento quería meterse en la vida de su hijo. Como siempre, quería ganar y estaba haciendo lo posible para conseguirlo.

Ya estaba ganándose el afecto de su hijo, le gustase a ella o no. A Lucas le encantaba el rancho y estaba como loco por tener un cachorro. Si se lo llevase a otro apartamento diminuto sería horrible para él. Tenía que darle a su hijo todas las oportunidades, pero eso no significaba dejar que Jordan Cooper se hiciese cargo de sus vidas.

Había estado a punto de caer en la trampa y la culpa era solo suya.

Su parecido con Justin podría ser la explicación, pero en el fondo Angie sabía que no era así.

Porque esa noche, en el *jacuzzi*, no había pensado en Justin.

Jordan detuvo el Mercedes en el camino a las cuatro y media de la tarde y su corazón se detuvo durante una décima de segundo al ver que el viejo Toyota de Angie no estaba frente a la casa. ¿Se habría pasado la noche anterior con el masaje y habría hecho las maletas?

Enseguida suspiró, aliviado, al recordar que había decidido llevar a Lucas a la perrera para que eligiese un cachorro.

Pero tendría que comprarle un coche nuevo, pensó. Los neumáticos de su Toyota eran viejos y sospechaba que el motor estaba a punto de pararse. O algo peor: podría provocar un accidente y él quería que Angie y Lucas estuvieran a salvo.

Pero esperaba que no se pusiera tan cabezota con el coche como con el perro.

Y hablando del perro... Jordan se preparó cuando vio el Toyota acercándose por el camino. De niños, Justin y él tenían un precioso *golden retriever* llamado Sunny y había esperado encontrar uno similar para Lucas.

Se quedó donde estaba mientras Angie salía del coche y abría la puerta para desabrocharle el cinturón de seguridad a Lucas. El niño bajó de un salto, con una correa roja en la mano.

—¡Mira, tío Jordan! —gritó, tirando de la correa—. ¡Se llama Rudy!

El perro que bajó del coche había pasado la edad de cachorro y no era de una raza determinada. De pelo corto marrón y blanco, con las orejas y la nariz largas, era una mezcla de varias razas y el tamaño de sus patas dejaba claro que aún tenía que crecer.

Jordan contuvo un suspiro.

—¡Ven aquí, Rudy! —lo llamó Lucas, tirando de la correa.

El perro miró alrededor tímidamente y luego se lanzó a las piernas de su nuevo amo. Tenía los ojos más tristes que Jordan había visto nunca.

—Iban a... ponerle una inyección —dijo Angie— y Lucas lo ha salvado. Mira qué cara, Jordan. Si algún animal ha necesitado amor...

Él suspiró. El perro no era una belleza, pero la expresión de Angie era tan encantadora que le hubiera gustado tomarla entre sus brazos y besarla hasta que la tuviese gimiendo.

–¿Qué tal si le damos un baño, Lucas? Puedes llevarlo al garaje mientras yo me cambio de ropa y busco un barreño grande. Y tú también deberías cambiarte de ropa, por cierto.

Cuando Jordan volvió al patio con el barreño la encontró allí, en vaqueros y chanclas. Llenaron el barreño de agua y echaron jabón líquido, que Rudy miraba con muy mala cara.

Jordan intentó tomarlo en brazos para meterlo en el agua, pero el animal se pegó a Lucas como si fuera a matarlo.

–Vamos, chico, no pasa nada –Jordan logró tomarlo en brazos y lo metió en el barreño. Pero en cuanto tocó el agua con las patas, Rudy lanzó un aullido lastimero e intentó escapar.

–Deja que te ayude –se ofreció Angie–. Lucas, apártate.

Aparentemente, Rudy no se había bañado en toda su vida y pateaba locamente, lanzando agua jabonosa en todas direcciones. Para entonces, Jordan estaba empapado de la cabeza a los pies y Angie soltó una carcajada.

Lucas empezó a reír también, la risa infantil era un eco de la de su madre. Sin hacer caso de sus advertencias, se colocó entre los dos y acabó tan mojado como ellos.

La simple tarea de bañar al perro se había convertido en un circo y Jordan, sin poder evitarlo, rio también, sintiéndose mejor que en mucho tiempo.

Sin dejar de reír, consiguieron sacar a Rudy del barreño y secarlo con una toalla. Lucas daba saltos de alegría cuando el animal se sacudió con todas sus fuerzas, empapándolos aún más. Luego dejaron al animal en el garaje, sobre un viejo saco de dormir, con un cuenco de comida y otro de agua.

–¿Seguro que le gustará estar aquí? –preguntó Lucas.

–Seguro que sí –respondió Jordan–. Pero mañana compraremos una caseta para él.

Jordan recordó que la de Sunny debía estar en alguna parte…

–Por ahora, ¿qué tal si nos secamos y entramos en casa para comer algo?

Marta había salido a comprar, pero él podía hacer unos bocadillos de queso.

Encendió la chimenea en el cuarto de estar y movió los sillones para acercarlos al fuego. Luego, dejando a Angie y Lucas calentándose un poco, se dirigió a la cocina.

–¿Quieres que te ayude? –escuchó la voz de Angie tras él.

–Puedes hacer el chocolate. El bote de cacao está en ese armario y la leche en la nevera –Jordan no necesitaba ayuda, pero le gustaba tenerla a su lado.

–¿Qué estará haciendo Lucas?

–Se ha quedado dormido. Pero si despierta, sabrá que estamos en la cocina.

Mientras Angie medía el chocolate que iba a echar en la cacerola, sus caderas se rozaron por accidente y Jordan tuvo que apartarse.

–Quería darte las gracias por bañar al perro

–dijo ella–. Rudy no es gran cosa, pero a Lucas le encanta.

–Es el perro que ha elegido y eso es lo único que importa.

Angie enarcó una ceja.

–Estás siendo excepcionalmente amable.

–¿Excepcionalmente? –repitió él, poniéndole una mano en la espalda–. No soy un monstruo, Angie. Estoy haciendo lo que puedo para que Lucas y tú os sintáis como en vuestra propia casa.

Ella no se apartó. Sus caras estaban muy cerca y el deseo de besarla era insoportable. Sin pensar, Jordan le levantó su cara con un dedo. Podía sentir su pulso latiendo en el cuello…

Pero Angie se apartó, con la cara ardiendo.

–Vas a quemar los sándwiches –murmuró, tomando la espátula.

Jordan se tragó una disculpa mientras le daba la vuelta al sándwich. No iba a disculparse por hacer algo que los dos querían. Estaba seguro de que Angie había querido besarlo y sospechaba que la razón por la que se había apartado no tenía nada que ver con los sándwiches.

–Esto es algo de lo que debemos hablar, así que voy a decirlo –Angie suspiró–. Entre nosotros hay un pasado, Jordan, y bastante malo. Cuando Justin y yo nos prometimos, tú y tus padres me despreciabais e hicisteis todo lo posible para separarme de él. Incluso me ofrecisteis dinero para que lo dejase. ¿Tú sabes cuánto me dolió? No puedo decir que no haya cierta química entre tú y yo, pero si esperas que me quede no puede haber nada entre nosotros. El pasado pesa demasiado y tarde o temprano sería una carga.

–Angie, yo no quería…

–Deja que termine. Me has traído aquí porque soy la madre de Lucas, pero también soy la responsable de la muerte de Justin. Si hubiera roto con él, seguiría vivo. Recuerda eso la próxima vez que sientas la tentación de besarme.

Esas palabras fueron como una bofetada para Jordan. Durante los últimos cuatro años, Angie había llevado con ella esa horrible carga. Se culpaba a sí misma por la muerte de Justin y merecía conocer toda la historia. ¿Pero cómo iba a contársela si la verdad haría que se fuera del rancho? Se iría y nunca le perdonaría por lo que había hecho.

Le gustaría decir que la entendía, que compartía su sentimiento de culpa, pero decir eso empeoraría la situación.

Lucas, que entró bostezando en la cocina, rompió el incómodo silencio.

–¿Tienes nubes de azúcar, tío Jordan?

–No, ahora mismo no, pero lo apuntaremos en la lista de la compra para la próxima vez –respondió él, colocando los sándwiches en una bandeja mientras Angie llenaba las tazas de chocolate.

Cenaron frente a la chimenea, con el sol poniéndose tras las ventanas y una suave lluvia golpeando los cristales.

Era muy agradable, casi como si fueran una familia, pero Angie parecía tensa. Tenía razón, también él sabía que había una historia entre ellos, pero retomar lo que habían dejado a medias en el coche aquella noche de Año Nuevo sería la mejor manera de romper esa frágil tregua. Solo podían seguir adelante como amigos, si fuera posible. Si no, como adversarios.

¿Pero como amantes? No, eso nunca saldría bien. No porque la culpase por la muerte de su hermano sino porque se culpaba a sí mismo.

Cuando terminaron de cenar, Lucas empezó a quedarse dormido otra vez y Angie lo tomó en brazos.

–Es temprano, pero está cansado. Voy a llevarlo a la cama.

–Puedes volver después –sugirió Jordan.

Ella negó con la cabeza.

–Tengo que trabajar un poco.

–No trabajes hasta muy tarde –Jordan se levantó para llevar los platos a la cocina.

Sin ella y el niño, la habitación parecía demasiado grande, demasiado silenciosa y, después de ponerse un chubasquero, salió al patio para guardar el barreño. Lo habían pasado en grande bañando al perro, pensó. Casi había olvidado lo que era pasarlo bien.

Eso le recordó que hacía días que no llamaba a Whitney, la joven con la que mantenía una relación informal, ella estaba volviéndose posesiva y exigente. Iría a la fiesta que había organizado ese fin de semana y probablemente se quedaría a pasar la noche. Con Angie allí sería un poco incómodo.

Inquieto, miró hacia las ventanas del segundo piso. La luz en la habitación de Lucas estaba apagada, pero la de Angie estaba encendida y la imaginó inclinada sobre el teclado, trabajando.

Años atrás había pensado que era una buscavidas que solo quería el dinero de Justin, pero en aquel momento sabía sin la menor duda que no era cierto.

Jordan volvió a entrar en la casa y estuvo un rato repasando las cuentas del rancho. Cuando terminó, estaba lo bastante cansado como para irse a la cama.

No había oído ni un solo lamento de Rudy en toda la noche. El pobre chucho debía estar tan asustado que no se atrevía ni a respirar, pero no estaría de más echarle un vistazo.

Jordan volvió a salir al patio. La luz en la habitación de Angie estaba apagada y la imaginó en la cama.

Un pasillo conectaba el patio con el garaje y a Jordan se le detuvo el corazón al ver que la puerta estaba abierta.

–¿Rudy? –lo llamó. Pero no hubo respuesta.

Tomando una linterna de una estantería al lado de la puerta, Jordan iluminó el garaje, pero no había ni rastro del perro de Lucas.

No podía haber salido del patio porque la zona estaba vallada, de modo que tenía que estar por algún lado.

Subió a la habitación de Lucas y comprobó que la puerta no estaba cerrada del todo.

El niño estaba profundamente dormido y Rudy tumbado sobre la alfombra. El perro levantó la cabeza, alerta, como advirtiéndole que estaba allí cumpliendo con su obligación.

–No pasa nada, chico. Me parece muy bien que cuides de tu dueño –Jordan sintió una punzada de ternura. Nunca le habían gustado demasiado los niños, pero aquel crío inocente le estaba dejando una huella en el corazón.

Antes de cerrar la puerta, miró alrededor con la linterna. Todo estaba en orden, la ropa de Lucas, sus libros, sus juguetes.

Pero entonces se detuvo, helado.

El rostro de Justin le sonreía desde una foto colocada en la mesilla...

Justin, el hermano bueno, el más querido. Esa fotografía era un recordatorio de que, aunque se hubiera ido, Justin siempre estaría entre él y la familia que nunca sería suya.

Angie había hecho lo posible para no acudir a la fiesta de Jordan, pero él hacía oídos sordos a todas sus protestas. Lucas y ella eran parte de su familia, insistía, y esconderlos solo serviría para despertar rumores. Todo el mundo debía saber que estaban viviendo en el rancho y sería mejor conocerlos en una fiesta que encontrarse con ellos por casualidad y tener que dar explicaciones.

Seguramente tenía razón, tuvo que aceptar Angie mientras se miraba al espejo de su cuarto. Si se enfrentaba con sus amigos estando preparada, maquillada, arreglada y dispuesta a mostrarse encantadora, al menos podría controlar la impresión que diera.

Su atuendo, una simple túnica negra, con pendientes de aro plateados y zapatos rojos de tacón, le daba un aspecto elegante.

La fiesta era un evento que solían organizar en el rancho antes de las navidades. La mayoría de los invitados eran socios, le había contado Jordan, pero también habría amigos personales, algunos de los cuales conocían a Justin y también a ella.

Angie miró los coches que había en la puerta: Jaguar, Mercedes, Porsche, un Maserati rojo, un Corvette antiguo… todos le recordaban el estatus social de Jordan. Tal vez aún no era demasiado tarde para desaparecer, pensó.

Pero en ese momento, Jordan llamó suavemente a la puerta de la habitación.

—¿Estás lista?

—Esto es un error, Jordan. La gente empezará a hablar…

—Que hablen —la interrumpió él—. En unos días se olvidarán del asunto. Por cierto, estás guapísima.

Angie decidió pasar por alto el cumplido.

—No tenías que subir a buscarme, puedo bajar sola.

—¿Para quedarte escondida en una esquina? No pienso dejar que lo hagas, Angie. Tú mereces algo mejor y Lucas también.

Ella tragó saliva.

–¿Dónde está Lucas, por cierto?

–En el cuarto de estar, viendo películas con Carlos y Rudy. Tienen pizza, palomitas, refrescos, de todo. Y Carlos tiene instrucciones para meterlo en la cama a las nueve.

–Gracias.

Una cosa en la que Jordan y ella estaban de acuerdo: Lucas no participaría en la fiesta. La noticia de que Justin había tenido un hijo sería suficiente por el momento.

Más que suficiente para que empezasen los rumores, pensó Angie mientras se dirigían a la escalera.

La mayoría de los invitados habían llegado ya. Unos cuarenta, todos reunidos en el salón, todos vestidos elegantemente, tomando canapés y cócteles. Jordan había contratado una empresa de catering, pero Marta estaba allí, vigilando en la cocina. El ama de llaves se mostraba muy amable con Lucas, pero seguía mirándola a ella con frialdad.

Todos los ojos se volvieron hacia ellos mientras Jordan y Angie descendían por la escalera.

–Sonríe –dijo Jordan–. No vas a un funeral.

Angie intentó hacerlo, pero sus tacones se doblaban con cada paso y tuvo que aceptar el brazo que Jordan le ofrecía. Incluso ese pequeño gesto haría que se levantasen muchas cejas, pero era mejor que arriesgarse a tropezar.

Cuando llegaron al salón, él le puso una copa de champán en la mano y Angie tomó un sorbo del burbujeante líquido para darse valor.

–Chuck, te presento a Angie Montoya, la prometida de mi difunto hermano –Jordan le presentó a un hombre de mediana edad–. Se aloja en el rancho con su hijo, el hijo de Justin.

El hombre murmuró un amable saludo, aparentemente desinteresado. Tal vez Jordan lo había elegido a él para practicar.

Los demás invitados mostraron la misma cortesía, las respuestas variaban de la fría amabilidad a la disimulada curiosidad.

–Seguro que todos están hablando de ello –le dijo en un aparte–. Pero no tienes por qué quedarte a mi lado todo el tiempo.

–¿Seguro?

–Claro, estoy bien.

Angie se quedó sola frente a un cuadro de Georgia O'Keefe, tomando sorbitos de champán y conteniendo la tentación de marcharse. Eso sería una cobardía y debía demostrar que no le tenía miedo a esa gente.

Reconocía algunas caras de cuando salía con Justin, pero la mayoría de los invitados eran extraños para ella. Una rubia alta con un vestido de punto verde se había pegado a Jordan y él parecía disfrutar de su compañía. Tal vez eran novios…

Pero no podía estar celosa, era ridículo. Jordan no era propiedad suya. De hecho, no era nada suyo.

–¿Angie? ¿De verdad eres tú?

Angie se volvió para ver a un hombre alto y rubio que había sido amigo de Justin.

¿Travis? No, Trevor. Trevor Wilkins.

–Ha pasado mucho tiempo.

–Desapareciste tras la muerte de Justin y siempre me he preguntado qué habría sido de ti.

–Tuve un hijo, pero imagino que ya te lo habrán contado.

–Sí, he oído algo. En cualquier caso, la maternidad te sienta bien. Estás más guapa que nunca.

¿Estaba intentando ligar con ella? Angie dio un paso atrás, pero Trevor dio otro adelante, casi acorralándola contra la chimenea. El aliento le olía a whisky y Angie miró por encima de su hombro para ver a Jordan con la rubia del brazo.

–¿Sabes una cosa, Angie? Siempre me has gustado –estaba diciendo Trevor–. Ahora que Justin no está, me gustaría que tú y yo…

–Me gustaría volver a ver a la pandilla de Justin –lo interrumpió ella–. Jordan me dijo que estarían aquí esta noche.

–Sí, claro, se alegrarán de verte. Pero tal vez más tarde tú y yo…

–Más tarde tengo que cuidar de un niño de tres años. El único hombre de mi vida por el momento.

Jordan vio a Angie charlando con Trevor y se le encogió el estómago. Al principio le había parecido que necesitaba ayuda, pero estaba claro que Trevor se había ganado su confianza.

Parecía contenta y estaba muy sexy.

Whitney le estaba pasando las uñas por la manga de la chaqueta para llamar su atención. La rubia tenía su encanto, pero su insistencia en ser el centro de atención empezaba a cansarlo, de modo que intentó concentrarse en su charla con Len Hargrove, el abogado de la empresa.

–No me lo has pedido, pero mi consejo es que te tomes un tiempo –estaba diciendo Len–. Antes de hacer nada, asegúrate de que el niño es realmente hijo de Justin. La madre podría habérselo inventado para aprovecharse de tu familia.

–¿Aprovecharse? –repitió Jordan, intentando disimular su enfado–. Angie ni siquiera se puso en contacto conmigo. He tenido que buscarla yo. Y cuando lo hice, me puso de patitas en la calle. Solo aceptó venir al rancho después de una pelea a tiros debajo de su casa. ¿A eso lo llamas aprovecharse?

El abogado frunció el ceño.

–Entiendo que sientas compasión por ella, ¿pero no deberías pedir al menos una prueba de ADN?

–¿Para demostrar lo que ya sé?

–No te vendría mal estar seguro del todo.

Jordan pensó en Angie y en cuánto le dolería que le pidiese una prueba de ADN.

–Estoy seguro de que el niño es hijo de mi hermano. Lucas es un Cooper, caso cerrado.

–¿Y qué dice tu madre de todo esto?

–No lo sé.

Tarde o temprano tendría que hablar con su madre. La salud de Meredith Cooper se había resentido con el paso del tiempo, pero su cerebro seguía tan agudo como siempre y seguía siendo la cabeza de familia. El futuro dependía de que aceptase a Lucas como nieto y a Angie, a quien seguía culpando por la muerte de Justin.

Y como se había jurado a sí mismo evitarle la verdad de esa trágica noche, estaría caminando por la cuerda floja.

Ese era el problema de los secretos, que siempre aparecían cuando podían hacer más daño.

–Necesito un cóctel. Tengo una sed terrible –la voz ronca de Whitney interrumpió sus pensamientos, pero en esta ocasión Jordan agradeció la interrupción.

Mientras llevaba a Whitney al bar vio a Angie charlando con un grupo de amigos. Sabía que estaba nerviosa, pero disimulaba bien.

Trevor Wilkins le había puesto una mano en la espalda. Angie era una mujer adulta y él no tenía derecho a decirle lo que debía hacer con su vida.

Whitney esperaba quedarse a dormir allí esa noche pero a Jordan no le apetecía en absoluto.

Angie despertó, sobresaltada. Después de un instante de confusión, se dio cuenta de que estaba en el cuarto de estar, y cuando miró su reloj vio que era más de medianoche.

Entonces recordó que había salido la fiesta a las diez para ver si Carlos se había llevado a Lucas a la cama. Encontró el cuarto de estar a oscuras, la televisión apagada…

Después de una larga noche sobre los tacones,

sus cansados pies exigían un poco de descanso, de modo que se había quitado los zapatos para tumbarse un momento en el sofá. Pensaba volver a la fiesta en unos minutos, pero se había quedado dormida.

Suspirando, Angie tomó los zapatos y salió de la habitación. La fiesta había terminado, la casa estaba oscura y silenciosa. La única señal de vida era una lucecita en el pasillo que llevaba al dormitorio principal, el de Jordan.

Cruzó el salón de puntillas para no molestarlo y estaba llegando a la escalera cuando escuchó la enfadada voz de una mujer en el pasillo:

–¡Esto no es por nosotros, Jordan, es por ella! ¡He estado vigilándote y no podías apartar los ojos de esa mujer!

Angie se quedó helada, intuyendo que hablaba de ella.

–Baja la voz, Whitney –le advirtió Jordan–. Angie no tiene nada que ver con esto. Estoy intentando cumplir con mi obligación hacia el hijo de mi hermano, eso es todo.

–¡Ja! –fue la réplica de Whitney–. Te he oído defenderla cuando hablabas con tu abogado. Pensé que ibas a darle un puñetazo cuando se atrevió a sugerir que pidieses una prueba de ADN para comprobar si el niño era hijo de Justin o no. Esa chica te ha echado el lazo, como hizo con tu hermano.

–Ya está bien –oyó que decía Jordan, enfadado–. Te aconsejo que no sigas por ahí, Whitney.

–Muy bien, me voy y no volveré nunca. Pero estás completamente ciego. ¡Esa chica te destruirá, como destruyó a Justin!

Tras esa despedida, Whitney se dirigió a la puerta y Angie se escondió entre las sombras mientras la rubia pasaba a su lado hecha una furia. Unos segundos después, escuchó el motor de un coche y el chirrido de unos neumáticos perdiéndose a lo lejos.

No sabía qué pensar. Sabía que Jordan se sentía atraído por ella, eso estaba claro, pero la tal Whitney había dado a entender que estaba interesado por ella, que la había defendido porque le importaba más allá de su papel como madre de Lucas.

¿Sería cierto?

Angustiada, decidió subir a su habitación.

–¿Angie?

Ella se volvió. Jordan estaba al pie de la escalera, pálido.

–¿Has escuchado la conversación?

Ella asintió con la cabeza, deseando que se la tragase la tierra.

–No quería… me quedé dormida en el cuarto de estar. En fin, tal vez podríamos fingir que ha sido un mal sueño.

–Ven aquí –su voz la hizo temblar, pero hizo un esfuerzo para bajar los escalones.

Quedaron uno frente al otro al pie de la escalera. Incluso en la oscuridad, Jordan podía ver un brillo de lágrimas en sus ojos.

–Todo esto es culpa mía –empezó a decir ella–. No debería haber venido.

–Nada de lo que ha pasado es culpa tuya. Whitney y yo no teníamos nada en común. Íbamos a romper en cualquier momento.

–Pero las cosas que ha dicho… que yo te destruiría como destruí a Justin…

Jordan tuvo que luchar contra el impulso de envolverla en sus brazos.

–Tú no destruiste a Justin, Angie. No fuiste tú quien provocó el accidente.

–Pero podría haber roto con él. Nunca hubiese aceptado dinero, pero si hubiera roto la relación no me habría interpuesto entre él y su familia –la voz de Angie se rompió–. Habría hecho cualquier cosa para salvarlo.

–Tú no podías saber lo que iba a pasar. Ninguno de nosotros lo sabía –Jordan sintió una fría punzada de culpabilidad en sus entrañas. Angie no tenía la culpa de nada. Solo él era el culpable de lo que pasó.

Al ver que sus ojos se llenaban de lágrimas, a Jordan se le hizo un nudo en la garganta y, murmurando una palabrota, la abrazó. En aquel momento la necesitaba y algo le decía que ella sentía lo mismo.

Angie apoyó la cabeza en su pecho como una niña buscando consuelo después de una pesadilla. Llevaba la misma colonia que recordaba de aquella noche de Año Nuevo, la noche que lo cambió todo.

Había deseado a Angie Montoya desde la primera vez que la vio con su hermano. La había deseado esa noche y, maldita fuera, seguía deseándola.

Era imposible que ella no notase lo que le estaba

haciendo, pero aunque temblaba, no se apartó. Y cuanto más cerca estaban, más pensaba él dónde quería estar de verdad: enterrado en ella hasta el fondo.

–Jordan… necesito…

Él la silenció con un beso apasionado y Angie se puso de puntillas, las caderas a la altura de su erección. Jordan notó que dejaba caer al suelo los zapatos que llevaba en la mano mientras él le apretaba las nalgas. Estaba jadeando cuando por fin encontró la cremallera del vestido.

Esa noche de Año Nuevo habían conseguido parar antes de que las cosas llegasen mas lejos, pero no había forma de parar en aquel momento.

Angie se agarró a él mientras la llevaba por el pasillo. Le daba vueltas la cabeza y los latidos de su corazón ahogaban las protestas de su sentido común. Deseaba a aquel hombre, deseaba hacer el amor con él.

Jordan apartó a un lado el sujetador, el roce de las manos masculinas sobre su piel desnuda hizo que no pudiera pensar. Solo sabía que estaba desabrochando su camisa con dedos frenéticos, los botones cayendo al suelo, arrancados de la tela.

Cuando llegaron a la cama de matrimonio, Jordan la dejó en el suelo y le quitó el vestido y el sujetador al mismo tiempo. Angie levantó los pies para liberarse de las prendas mientras él apartaba el embozo de la cama y la tomaba de nuevo por la cintura para tumbarla sobre las sábanas.

Angie lo vio quitarse la ropa, revelando un torso

ancho y musculoso. Luego tiró de sus calzoncillos, liberando una erección tan dura como una columna de mármol.

Ninguno de los dos dijo una palabra. Jordan parecía saber que cualquier palabra complicaría la situación, y ella también.

Angie tembló cuando se colocó encima. Jordan era mucho más experto que ella y parecía tan seguro de sí mismo… Tenía miedo de hacer el ridículo, pero sus brazos, como por decisión propia, ya estaban levantándose para rodearle el cuello.

Él enterró la cara entre sus pechos, respirando su aroma, besando sus pezones con un ansia que aumentó aún más el secreto deseo dentro de ella. Curiosamente, la idea de que Jordan Cooper necesitase a alguien no se le había ocurrido nunca hasta ese momento.

¿Pero cómo no iba a creer que la necesitaba tanto como lo necesitaba ella?

Angie cerró los ojos mientras Jordan pasaba las manos por su estómago para quitarle las braguitas, que se perdieron entre las sábanas. Luego deslizó la palma de la mano sobre el triángulo de rizos entre sus piernas y gimió, levantando las caderas, queriendo que la acariciase allí.

Tiró de su cabeza hacia abajo e, intuyendo lo que quería, Jordan empezó a besarle el estómago, deslizándose hacia abajo, calentándola con su aliento. Cuando separó los pliegues con la lengua, lamiendo el escondido capullo en el centro, el útero se le contrajo y terminó en unos segundos, los espasmos del placer haciéndola temblar de arriba abajo. Estaba preparada para él, ansiando tenerlo dentro.

Jordan se detuvo un momento para buscar un preservativo que se puso a toda prisa y luego entró en ella con una embestida. Cuando la llenó, Angie se olvidó de respirar, sorprendida por lo que estaba pasando. Jordan Cooper, su enemigo, estaba dentro de ella. Jordan estaba haciéndole el amor... aunque aquello no era amor. Angie no se hacía ilusiones sobre eso.

Tal vez le importaba más de lo que había esperado, pero aquello no tenía nada que ver con el amor sino con el deseo puro y simple.

Dejó de pensar cuando él empezó a moverse, la fricción le despertaba nuevas sensaciones. Angie le clavó los dedos en los hombros mientras él empujaba cada vez con más fuerza, murmurando su nombre:

–Jordan, Jordan...

Él gimió, enterrándose hasta el fondo cuando llegó al clímax. Abrumada por una inesperada ternura, Angie lo apretó entre sus muslos, meciéndolo suavemente mientras volvían al mundo real.

Él rio suavemente en la oscuridad. Luego, después de darle un beso en los labios, cerró los ojos y se quedó dormido.

Capítulo Cuatro

Angie, pensativa, escuchaba la respiración de Jordan a su lado... y algún ronquido ocasional. Y eso podría haberle parecido enternecedor si no hubiera cometido uno de los mayores errores de su vida.

¿Qué iba a pasar a partir de aquel momento? Nada sería igual. Seguramente Jordan esperaría que volviesen a hacer el amor, pero no podía quedarse allí siendo su amante, sobre todo por Lucas. Los niños perdían la ingenuidad muy pronto y, si seguían así, Lucas descubriría tarde o temprano que su madre y su tío se acostaban juntos.

¿Podría estar Jordan pensando en matrimonio? No, era absurdo. Cuatro años antes había encontrado un montón de razones por las que Justin no debería casarse con ella: que no se movían en los mismos círculos, su pobreza, incluso sus ambiciones. Y nada de eso había cambiado. Tal vez sentía afecto por ella, incluso podría querer una relación sexual, pero de ningún modo habría pensado en proponerle matrimonio.

Los Cooper eran la realeza de Santa Fe. Siempre la mirarían por encima del hombro y nunca olvidarían la muerte de Justin.

Apoyándose en un codo, Angie estudió el rostro de Jordan. Dormido no parecía el hombre duro y cínico que era, y tuvo que hacer un esfuerzo para recordar que no podía confiar en él… Cuanto más tiempo se quedase en su cama, más difícil sería olvidar eso.

Tenía que irse de allí y hacerlo de inmediato.

Sus braguitas se habían perdido en la cama, pero encontró el sujetador y el vestido y, después de ponérselos, salió de puntillas de la habitación.

De vuelta en su cuarto, abrió la puerta que lo conectaba con el de Lucas. El niño estaba dormido y Rudy, tumbado en la alfombra, levantó la cabeza un momento antes de volver a cerrar los ojos.

Lucas dormía en la cama que había sido de su padre, con un viejo oso de peluche de Justin bajo el brazo.

Su niño era tan feliz allí, como si desde el primer día hubiera sentido que aquel era su sitio, pensó, con un nudo en la garganta. Aquella vida privilegiada era el legado del padre al que nunca había conocido.

Miró entonces la fotografía de Justin, el hermano alegre y divertido al que todo el mundo adoraba, y sintió como si lo hubiera traicionado.

Se sentía poderosamente atraída por Jordan, pero esa no era una excusa válida porque había en juego algo más que sus propios deseos.

Ella quería que Jordan la respetase, pero a partir de aquel momento sería una mujer más que había pasado por su cama.

Pero aunque se fuera del rancho seguiría teniendo que relacionarse con Jordan y lo mejor que podría hacer era marcas nuevas reglas y respetarlas.

Parpadeando para contener las lágrimas, Angie hizo un juramento: pasara lo que pasara, se demostraría a sí misma y a Jordan que lo de aquella noche no había sido nada importante.

Jordan despertó poco después del amanecer y no le sorprendió que Angie se hubiera ido. Era lógico que quisiera estar cerca de Lucas, pero no sabía qué sentía sobre lo que había pasado.

Ni siquiera sabía lo que sentía él mismo.

Mascullando una palabrota, saltó de la cama y se acercó a la ventana para ver el sol levantándose en el horizonte. Las braguitas de Angie estaban a su lado, un vívido recordatorio de cómo se las había quitado antes de colocarse entre sus piernas…

No había querido acostarse con ella. Pero lo habían hecho y no lo lamentaba en absoluto. Si estuviera allí en ese momento, nada le gustaría más que retomar lo que habían empezado por la noche.

Aquel día tenía una reunión en la ciudad, pero no era urgente, y se sentía inquieto. Necesitaba un poco de aire fresco y ejercicio físico. Suspirando, tomó el móvil y dejó un mensaje a su secretaria indicándole que cambiase la reunión para la semana siguiente.

Con el invierno a la vuelta de la esquina, los peones estarían moviendo el ganado a los pastos del sur, arreglando cercas y llenando los corrales de heno. Los establos necesitaban reformas y estaría bien contratar un par de peones más.

Jordan se duchó a toda prisa. Salir a cabalgar un rato le ayudaría a aclarar las ideas. Tal vez después de eso sabría qué decirle a Angie.

Pero antes de salir de la casa tenía una llamada importante que hacer.

–¿Mi papá era tan bueno como el tío Jordan?

Angie estaba de rodillas, buscando una de las zapatillas de Lucas bajo la cama, y la pregunta fue como un puñetazo. Tuvo que respirar un momento antes de sentarse.

–Tu padre era bueno, pero de otra manera.

–¿De qué manera? –insistió el niño.

–Le gustaba hacer sonreír a la gente. Le caía bien a todo el mundo.

–¿Al tío Jordan no le gusta hacer sonreír a la gente?

–A tu tío Jordan le gusta hacerse cargo de las cosas, organizarlo todo.

–Podrías casarte con él, mamá. Entonces sería mi padre.

Angie contuvo un gemido.

–No creo que el tío Jordan quiera casarse conmigo.

–¿Por qué no?

–Porque le gusta dar órdenes y a mí no me gusta obedecer a nadie.

Lucas se quedó pensativo un momento.

–¿A mi papá le gustaba darte órdenes?

–No, no. Venga, ponte las zapatillas. Rudy lleva aquí toda la noche y tenemos que sacarlo antes de desayunar.

Después de la noche anterior, no estaba en condiciones de enfrentarse a Jordan. Sus caricias la habían vuelto loca y había respondido como una adolescente sin control ni sentido común.

¿Le habría pasado a él lo mismo? Se había mostrado tan apasionado, tan intenso... pero conociéndolo como lo conocía, no podía dejar de preguntarse si estaba en lo cierto. Jordan no era el tipo de hombre que se dejaba llevar por el deseo.

Lucas tiraba un palo para que Rudy fuese a buscarlo mientras Angie los miraba, sonriendo. Era una fresca mañana de noviembre y, a lo lejos, las montañas Sangre de Cristo estaban cubiertas de nieve.

Justin habría querido que su hijo creciera allí, pensó.

¿Pero cómo iba a lidiar con Jordan?

¿Cómo iba a evitar acabar en su cama de nuevo?

El olor a beicon y pan recién hecho le indicó que el desayuno estaba listo.

Después de lavarse un poco, ocuparon sus sitios en la mesa, la charla de Lucas sirvió para evitar incómodos silencios.

–¿Usted conoció a mi papá, señorita Marta?

El ama de llaves, que estaba limpiando la encimera, se quedó inmóvil un momento, pero respondió con tomo amable un segundo después:

–Desde luego que sí. Era un niño como tú cuando empecé a trabajar en el rancho.

–¿Y cómo era?

–Se parecía mucho a ti. Tu tío Jordan tiene fotografías, pero ahora mismo está con los peones. Dile que te las enseñe cuando vuelva a casa.

Evidentemente, Jordan se había marchado para no encontrarse con ella, pensó Angie…

Y entonces recordó sus zapatos. Los había encontrado por la mañana en la puerta de su dormitorio. ¿Habría sido Jordan o el ama de llaves, a quien no se le escapaba nada?

En cualquier caso, tenía que salir un rato de allí. Lucas y ella iban esa tarde al cumpleaños del hijo de su prima y ese respiro le iría bien.

–¿Qué le gustaba hacer a mi papá? –estaba preguntando Lucas mientras jugaba con sus huevos revueltos.

–Le gustaba jugar –respondió Marta–. Y le gustaba gastar bromas. Todo el mundo lo quería.

–¿También conocías al tío Jordan?

–Claro. Eran hermanos.

–¿Al tío Jordan le gustaba gastar bromas?

Marta se encogió de hombros.

–A tu tío Jordan le gustaba montar a caballo.

–¿A cuál de los dos me parezco más?

–Tú eres tú mismo –respondió Angie, dejando el tenedor sobre el plato–. Y ahora, termina el desayuno. Voy a llevarte a la ciudad para que te corten el pelo antes de ir al cumpleaños de Ramón.

–No quiero cortarme el pelo.

Cuando por fin estuvieron listos para marcharse eran casi las diez. Angie tenía dinero para el corte de pelo, gasolina en el tanque y un regalo para el hijo de su prima. Afortunadamente, uno de sus clientes le enviaría una transferencia al día siguiente. Lo último que necesitaba era depender de la caridad de Jordan.

Con Lucas en el asiento trasero, arrancó su viejo Toyota azul, y estaba saliendo del garaje cuando un tráiler se detuvo frente a la casa. Angie apagó el motor y bajó del coche. En el tráiler había un monovolumen último modelo. Tal vez el conductor se había perdido, pensó.

–¿Necesita algo? –le preguntó.

–Estoy buscando a Angelina Montoya.

Angie parpadeó, sorprendida.

–Soy yo.

–Firme aquí antes de que descargue el vehículo –el hombre le ofreció un documento–. Los papeles están en la guantera y la llave en el contacto.

–Espere un momento. Tiene que haber un error… yo no he comprado un coche.

–No hay ningún error. El coche fue comprado y pagado esta mañana por el señor Jordan Cooper. Él pidió que lo trajésemos aquí hoy mismo.

Angie apretó los dientes, indignada. Si Jordan pensaba que podía comprarla…

–Ha habido un malentendido –le dijo al conductor–. Lléveselo el coche y devuélvale el dinero al señor Cooper.

¿Cómo podía hacer aquello Jordan, especialmente después de lo que había pasado por la noche?

–Pero el señor Cooper dijo…

–¡Lléveselo! –insistió Angie–. No pienso aceptarlo.

Le temblaban las rodillas mientras el hombre subía de nuevo al tráiler. ¿Estaba Jordan intentando comprar su gratitud o recompensarla por servicios prestados?

Iría a la ciudad en su coche, como había planeado, pero cuando Jordan volviese a casa, estaría esperándolo. Era hora de exigirle que dejase de jugar con ella.

El viento soplaba con fuerza y Jordan, subiendo el cuello de su cazadora de cuero, dirigió al caballo colina abajo.

Le habría gustado vivir en el rancho en los viejos tiempos, cuando criar ganado era lo mas importante y un hombre podía pasarse el día entero a caballo, acampando frente a una hoguera y comiendo de ración. En lugar de eso, la semana siguiente tendría que ponerse un traje de chaqueta para dirigir el negocio que mantenía a flote el rancho.

Para entonces, Angie estaría conduciendo su nuevo monovolumen… seguramente debería haberle consultado antes de comprarlo, pero con una tormenta de nieve a punto de empezar no quería que condujese el viejo Toyota. Lo único que quería era que Lucas y ella estuvieran seguros.

Había pasado gran parte de la mañana pensando en la noche anterior. Tener a Angie entre sus brazos había sido maravilloso y la idea de repetirlo esa noche era suficiente para excitarlo. Pero Angie no era la clase de mujer que querría ser solo una compañera de cama.

Incluso le había dado vueltas a la idea del matrimonio. Esa sería la manera más sencilla de asegurar el futuro del hijo de Justin y mantener a Angie a su lado. Pero había muchas razones por las que no podría salir bien. Para empezar, él no estaba hecho para ser un buen marido. Su breve matrimonio lo había dejado bien claro. Además, no tenía razones para creer que Angie estuviese enamorada de él. Y luego estaba su madre, que nunca aceptaría a la mujer a la que culpaba por la muerte de Justin.

Pero sobre todo estaba el secreto que él guardaba en su corazón. Un secreto que, si se descubriera, podría destruir a su madre y alejar a Angie para siempre.

El cómodo hogar de los Vargas estaba a unas manzanas del restaurante. Había organizado una fiesta de cumpleaños a Ramón, su hijo de cinco años, con pizza, tarta y piñata. Lucas estaba deseando llegar.

Después de ir a la peluquería con Lucas y comprarle una pelota de fútbol, Angie fue a casa de su prima Raquel. El marido de Raquel, Antonio Vargas, era el propietario del restaurante en el que Angie había trabajado una vez como camarera, el restaurante en el que había conocido a Justin.

–¿Vas a quedarte en el rancho? –le preguntó su prima.

Raquel era unos años mayor que ella, pero siempre habían tenido una relación muy estrecha. Y, después de tener cuatro hijos, seguía siendo una mujer guapa y muy afortunada. Antonio y ella parecían muy felices juntos.

–Aún no lo sé. Por el momento, parece lo mejor para Lucas. Vivir allí tiene muchas ventajas y al niño le encanta, pero para mí… la verdad es que no lo sé.

–¿Qué ocurre? –le preguntó Raquel–. ¿Es por Jordan? ¿Porque se parece tanto a Justin?

–No, no es eso –respondió Angie. Y no lo era. Jordan y Justin eran dos personas completamente diferentes–. He vivido durante años pensando que Jordan me odiaba.

–¿Y sigue siendo así?

–Desde que descubrió la existencia de Lucas se ha mostrado muy amable y generoso, pero también es muy controlador. Es como si quisiera hacerse cargo de nuestras vidas. No sé qué hacer –Angie se detuvo para mirar a Lucas jugando al fútbol con sus primos–. Esta mañana ha hecho que llevasen un monovolumen de lujo, pero he hecho que lo devolvieran al concesionario.

–¿Por qué? Tu coche es muy viejo.

–¿Cómo voy a aceptarlo? Sería como… –Angie sacudió la cabeza, sin saber cómo terminar la frase.

–¿Hay algo que no me hayas contado?

–Anoche, después de la fiesta en su casa… Jordan había roto con su novia y una cosa llevó a la otra. No sé cómo pasó, pero acabamos en su habitación –Angie tragó saliva–. He hecho una tontería, Raquel.

–Bueno, lo hecho, hecho está. Has vivido como una monja durante demasiado tiempo –su prima sonrió–. ¿Qué tal, por cierto?

Angie se puso colorada.

–Me temo que fue maravilloso.

–¿Estás enamorada de él?

–¿Enamorada? No, por favor. Jordan Cooper es el hombre más arrogante, manipulador e insoportable que he conocido nunca. Y ahora… –Angie sacudió la cabeza de nuevo–. No sé qué hacer. Si no fuera por Lucas, haría las maletas y me iría del rancho.

–Huir no servirá de nada, cariño. Lo único que puedes hacer es enfrentarte con lo que ha pasado y ser sincera con él.

Raquel se alejó para buscar la tarta y Angie suspiró. Su prima quería lo mejor para ella, pero enfrentarse con Jordan y decirle lo que pensaba solo serviría para empeorar la situación. Sería mejor evitarlo. Jordan entendería el mensaje.

Cuando la fiesta terminó estaba anocheciendo y el aire olía a nieve. Angie sintió un escalofrío mientras salía de la casa con Lucas. ¿Por qué no había llevado un abrigo?, se preguntó. Por la mañana hacía tan buen tiempo.

Cuando tomó la autopista, unos finos copos de nieve empezaron a caer sobre el parabrisas. Al menos, la calefacción del coche funcionaba, pensó mientras pisaba el freno. Con los neumáticos viejos, no podía arriesgarse a patinar sobre el asfalto.

El viaje al rancho duraba unos cuarenta minutos con buen tiempo, pero esa noche tardaría mucho más en llegar. Afortunadamente, Lucas iba dormido en el asiento trasero y esperaba que no despertase hasta llegar a casa.

¿El rancho de Jordan era su casa?

El motor empezó a hacer un ruido alarmante. Angie apenas tuvo tiempo de girar el volante hacia el arcén antes de que el coche se detuviera.

Nerviosa, puso las luces de emergencia, rezando para que fueran visibles con la tormenta. Tal vez tendría suerte y pasaría algún coche de policía. Si no, no sabía qué iba a hacer.

–Mamá, ¿qué pasa? –Lucas se había despertado.

–El coche se ha parado, cariño –respondió ella–. No te muevas, voy a ver si puedo arreglarlo.

Intentó arrancar de nuevo, pero no sirvió de nada. Y apenas le quedaba batería en el móvil. Tendría suerte si pudiera hacer una llamada antes de que se apagase del todo.

Podía esperar que pasara algún coche, pero hacía mucho frío y si dejaba la calefacción puesta se quedaría sin batería. Y con los faros apagados, ¿cómo iban a verla otros conductores?

Solo le quedaba una opción.

Haciendo una mueca, buscó la tarjeta de Jordan

en el bolso y marcó el número de su móvil conteniendo el aliento...

Tenía que contestar. Tenía que hacerlo.

Jordan había vuelto a la casa al atardecer y para entonces ya había empezado a nevar. Estaba cansado y muerto de frío.

Cuando iba a entrar en la casa, Rudy volvía corriendo del patio. ¿Qué hacía allí el cachorro? Era raro que Lucas hubiese dejado al perro al aire libre con ese frío.

Marta estaba en la cocina y su expresión preocupada le dijo que ocurría algo.

–¿Dónde está Angie?

–Se llevó a Lucas a la ciudad esta mañana, pero se está haciendo muy tarde. Ya debería haber vuelto.

–¿Le han traído el coche nuevo?

–Sí, pero ha hecho que se lo llevaran –respondió el ama de llaves–. Se marchó en su viejo coche.

Jordan masculló una palabrota. Debería haber imaginado que Angie sería demasiado orgullosa como para aceptar el regalo. Si les había pasado algo con esa tormenta de nieve...

El sonido del móvil interrumpió sus pensamientos.

–¿Jordan? –la voz de Angie era apenas audible y solo pudo entender que le había pasado algo a su coche.

–¿Dónde estás?

La comunicación se cortó en ese momento y, aunque intentó volver a hablar con ella, saltaba el buzón de voz.

Seguramente se había quedado sin batería, pensó. ¿Cómo no había previsto algo así? Angelina Montoya iba a tener que escucharlo cuando la encontrase.

Si la encontraba antes de que le ocurriese algo.

Jordan subió a la camioneta. Mientras conducía no dejaba de imaginar todo tipo de horrores: el coche de Angie tirado en medio de la carretera o atrapado en una cuneta. Angie y Lucas muertos de miedo y de frío o peor, a merced de algún delincuente.

No le había dicho dónde estaba, pero debía dirigirse al rancho, de modo que estaría en el carril contrario. ¿Habría dejado los faros encendidos? Si no era así, otro coche podría golpearla por detrás y…

Maldita fuera.

Llamó a la policía de tráfico, pero no sabían nada sobre un utilitario azul tirado en la carretera que llevaba al rancho Cooper.

Jordan empezaba a preguntarse si se habría pasado de largo cuando vio el Toyota parado en el arcén contrario.

Dio la vuelta a toda prisa para colocarse detrás y, dejando los faros encendidos, bajó de la camioneta y se acercó al coche con el corazón encogido. No había movimiento en el interior, ninguna señal de vida.

Los vio en cuanto apartó la nieve del parabrisas.

Estaban abrazados, los dos vivos y a salvo. Gracias a Dios.

Desde el interior de la camioneta, Angie observaba a Jordan empujando el coche hacia los arbustos que rodeaban el arcén para que nadie chocase con él en la oscuridad.

Apenas le había dicho una palabra mientras envolvía a Lucas en una manta, pero le diría un par de cosas, estaba segura. Y tendría razón, porque lo que había pasado era culpa suya.

Angie miró a su hijo. Se había quedado dormido después de comer una galleta, pero antes, en su coche, tenía tanto frío que la había asustado. Era su obligación cuidar de Lucas... ¿cómo podía haberle hecho pasar por algo así?

Jordan se quedó un momento en el arcén, mirando el Toyota. A la luz de los faros de la camioneta y con la nieve cayendo parecía una figura solitaria.

Así era como lo había visto siempre, pensó Angie. Justin había sido el hermano sociable, siempre rodeado de amigos, pero aparte de las mujeres que entraban y salían de su vida, Jordan siempre había sido un solitario.

Había pensado que era por decisión propia, pero aquella tremenda sensación de soledad la sorprendió.

Angie se preparó para la bronca que iba a echarle por no haber aceptado el monovolumen. Esperó mientras subía a la camioneta y cerraba la puerta. Esperó mientras arrancaba en silencio, con los labios apretados.

—Lo siento, Jordan —dijo por fin.

—Deberías sentirlo —asintió él, sin apartar los ojos de la carretera—. Arriesgarte en ese viejo coche… has tenido suerte de que no os haya pasado algo peor. ¿Por qué no has aceptado el que te había comprado?

—Tú sabes por qué.

—Solo quería que Lucas y tú viajarais en un coche seguro. ¿Qué hay de malo en eso?

Su resolución de aceptar la regañina se esfumó de repente.

—¿Qué hay de malo en eso? Lo malo es que no me has preguntado y yo no tengo por costumbre aceptar regalos de 50.000 dólares, especialmente de un hombre con el que acabo de… —Angie no terminó la frase.

—¿Por eso lo has devuelto, porque nos acostamos juntos anoche? ¿Has pensado que era una especie de pago? Por Dios bendito, Angie…

—¿Qué iba a pensar? He decidido mudarme al rancho por Lucas, pero no voy a dejar que me compres. No voy a ser tu amante.

—No me lo puedo creer —Jordan pisó el freno, como si fuera a llevar el coche al arcén, pero después cambió de opinión—. Mi intención no era comprarte, Angie. Solo compré el coche por vuestra seguridad.

Angie estudió su perfil, pensativa.

–Si eso es verdad, me gustaría hacer una sugerencia.

–¿Cuál?

–Los dos estamos de acuerdo en que necesito un coche más seguro, así que la semana que viene iré contigo a un concesionario y elegiré un coche seguro y sólido, pero que cueste mucho menos que el monovolumen que habías comprado tú. Si no te importa prestarme el dinero para dar la entrada… pero te lo devolveré. Tiene que haber algo que pueda hacer en el rancho.

Él pareció pensarlo un momento.

–¿Qué tal se te da llevar las cuentas?

–Llevo las cuentas de mi negocio.

–Entonces, tienes un trabajo si lo quieres. Las cuentas del rancho necesitan más atención de la que yo puedo prestarle y me vendría bien tu ayuda. Mañana decidiremos las horas y el sueldo. Y vamos a dejar clara una cosa –empezó a decir Jordan, después de aclararse la garganta–. Lo de anoche fue estupendo para mí y espero que también para ti, pero fue un encuentro sin ataduras. Podemos repetirlo cuando quieras, pero solo si también es eso lo que tú quieres. En cuanto a ese rollo anticuado de no querer ser mi amante…

Angie sintió que le ardía la cara.

–En lo que a mí respecta, anoche no pasó nada. Y ya que estamos aclarando las cosas, hay algo que quiero que entiendas: Lucas es mi hijo, no el tuyo. Si este arreglo no funcionase y decidiera marcharme, él irá conmigo.

Angie notó que Jordan contenía el aliento. Había querido hacerle daño y lo había conseguido. Entonces, ¿por qué desearía no haber abierto la boca?

–Los dos queremos lo mejor para Lucas –dijo por fin–. Por el momento, tendremos que confiar el uno en el otro.

–Muy bien –asintió Angie.

Aunque no sabía lo que significaba eso. La respuesta de Jordan podría entenderse de muchas maneras. ¿Estaba planeando echarla de allí para quedarse con Lucas?

Angie miró su perfil de nuevo. Jordan sabía cómo conseguir lo que quería y había heredado el carácter de hierro de Meredith, su madre.

Lo más sensato sería prepararse para lo peor.

A lo lejos podía ver las luces del rancho y lo único que quería era llegar a casa y meter a Lucas en la cama.

Unos minutos después, Jordan sacó al niño del coche y lo llevó a la cama. Se dio la vuelta sin decir una palabra.

Angie logró ponerle el pijama sin despertarlo, pero se le ocurrió entonces que no le había dado las gracias a Jordan por haber ido a buscarlos en medio de una tormenta de nieve. Y seguramente no volvería. Se habría ido a su habitación, tan cansado como ella.

Estaba terminando de arropar a Lucas cuando

oyó que se movía el picaporte. La puerta se abrió y Rudy entró en la habitación para tumbarse sobre la alfombra.

La puerta se cerró y Angie escuchó los pasos de Jordan sobre el suelo de madera. Impulsivamente, salió al pasillo y lo llamó:

–Jordan, espera.

Suspirando, él se preparó para otra discusión.

–Estoy agotado, Angie.

–Solo quería darte las gracias. Podría habernos pasado cualquier cosa en la carretera.

Jordan tuvo que contener el impulso de tomarla entre sus brazos y besarla hasta quedarse sin respiración. ¿Sabría Angie el susto que le había dado o el alivio que había sentido al ver que estaban bien?

Esa noche se había dado cuenta de lo importante que eran para él, más importantes de lo que estaba dispuesto a reconocer.

Tuvo que hacer un esfuerzo sobrehumano para no tocarla, porque si lo hacía estaría perdido.

–Ve a dormir. Por la mañana empezaremos de nuevo, ¿de acuerdo?

–De acuerdo –asintió ella.

–Buenas noches, Angie.

Oyó que ella cerraba la puerta de la habitación y se obligó a no imaginarla entre sus brazos.

Cada día que estaba con Angie era una batalla, pero tenía que hacer lo que debía por ella y por su hijo. Y por su madre también. Nunca podría compensarlas por la muerte de su hermano, pero intentarlo sería la única forma de redimirse.

***

En su habitación, Angie se quitó el jersey y los pantalones. Estaba agotada, pero seguía con el pulso acelerado.

«Podemos repetirlo cuando quieras, pero solo si también es eso lo que tú quieres».

Angie recordaba sus palabras. ¿Era eso lo que quería, otra noche de sexo sin ataduras?

«¿Estás enamorada de él?».

La pregunta de su prima no tenía sentido. Angie sabía lo que era el amor porque había amado a Justin con todo su corazón y lo que sentía por Jordan era otra cosa…

¿Deseo? ¿Lujuria?

«Podemos repetirlo cuando quieras».

Sería tan fácil… y tan maravilloso.

No, era absurdo. Otra noche con Jordan la debilitaría aún más y, aparte de un placer fugaz, nada bueno saldría de ello.

Suspirando, se puso el camisón y se metió en la cama. Ella quería otras cosas de la vida: un hogar propio, hermanos para Lucas y un hombre que la quisiera de verdad.

Y ese hombre no sería Jordan Cooper.

Capítulo Cinco

Jordan se preparó mentalmente cuando llegó donde vivía su madre. Sería un enfrentamiento difícil, pero no podía retrasarlo más.

Jordan entró en el edificio de apartamentos, tomó el ascensor y llamó al timbre.

–Hola, Jordan –como siempre, su madre iba impecablemente vestida y peinada, las uñas recién arregladas, el pelo perfecto y la blusa de seda dentro de un pantalón de diseño. El balcón del cuarto de estar daba a un pequeño lago artificial lleno de patos, pero las cortinas estaban cerradas. Según ella, porque le molestaba el sol.

–¿Cómo estás, madre?

–Regular –respondió Meredith, encogiéndose de hombros.

–Había pensado que comiéramos en La Fonda. Hace sol y he reservado una mesa en la terraza. Venga, toma tu abrigo.

–¿Has olvidado que hoy es el aniversario de la muerte de tu padre? ¿Cómo puedes pensar en comer?

En realidad, Jordan lo había olvidado. Solo quería sacarla de la oscura suite y llevarla a algún sitio donde pudiesen hablar tranquilamente.

–Podemos ir al cementerio y comprar flores por el camino.

–No me apetece salir a comer. Y el cementerio me pondría aún más triste –Meredith suspiró–. ¿Cómo van las cosas en el rancho?

Aquel era el pie que necesitaba.

–Tengo que darte una noticia sorprendente. Parece que tienes un nieto.

Su madre lo miró, atónita.

–¿Tú…?

–No, no es hijo mío, es hijo de Justin. Angie estaba embarazada cuando murió.

Su madre se quedó lívida.

–Mi hijo muere y cuatro años después esa fresca aparece con un niño que podría ser de cualquiera. Supongo que te ha pedido dinero.

Jordan hizo una mueca. Su madre había sufrido mucho y no podía culparla por estar amargada, de modo que hizo un esfuerzo para ser paciente.

–Angie no me ha pedido nada. Y no ha «aparecido», yo he ido a buscarla.

Jordan le hizo un resumen de todo lo que había pasado, pero su madre seguía mirándolo con recelo.

–¿Se te ha ocurrido buscar la partida de nacimiento?

–Tengo una copia en el coche y Justin aparece como el padre.

–¿Y has hecho una prueba de ADN?

–No hace falta. El niño es un Cooper, tú misma lo verás cuando lo conozcas.

Meredith se llevó una mano a la frente, como si intentase contener una jaqueca.

–¿Por qué iba a querer conocerlo? ¿No he sufrido ya más que suficiente? Dale un cheque y que se vaya por donde ha venido.

Jordan tuvo que contener el impulso de marcharse de allí. ¿Cómo podía su madre ser tan fría?

–Lucas es tu nieto, un niño que no tiene la culpa de nada. Si le das la espalda, lo lamentarás el resto de tu vida.

Su madre esbozó una amarga sonrisa.

–Ya veo que el niño te ha robado el corazón. ¿Y la madre? Recuerdo que era muy guapa. ¿También te ha embrujado a ti como embrujó a tu hermano?

Jordan había anticipado esa pregunta pero, aun así, la reacción de su madre fue como una bofetada.

–Estoy intentando hacer lo que debo por el hijo de Justin. En cuanto a su madre, Angie es parte del trato.

–¿Qué quieres decir?

–Que están viviendo en el rancho.

–¡Eso es inaceptable!

–¿Por qué? Si Justin hubiera vivido el tiempo suficiente se habría casado con Angie. Te guste o no, son parte de la familia.

–Para mí no. No quiero saber nada de ellos.

Jordan sacudió la cabeza.

–Míralo de esta forma, madre: sin ellos, nuestra familia consiste en dos personas, tú y yo. Si yo no vuelvo a casarme y no tengo hijos, los Cooper terminarán con nosotros.

–Esto no tiene gracia, Jordan.

–No pretendía hacer un chiste, es la verdad. Piénsalo, madre –le dijo–. Te llamaré dentro de una semana para que me digas cuál es tu decisión.

–Dentro de dos semanas es el día de Acción de Gracias. Vendrás a cenar conmigo como siempre, ¿no?

–No –respondió Jordan–. Vamos a cenar en el rancho. Si quieres venir, vendré a buscarte. Pero si prefieres quedarte aquí, tendrás que cenar sola.

Meredith lo miró, perpleja.

–¿Hablas en serio?

–Completamente.

Jordan salió de la suite y cerró la puerta. Su madre no era una mala persona, se recordó a sí mismo. Podía ser generosa, incluso cariñosa a veces, pero estaba intentando protegerse a sí misma para no sufrir más y se negaba a dejar que sus heridas curasen. Lucas podría ser su salvación, pero solo si ella quería.

Él iba a hacer lo posible para que así fuera y aquel día había dado el primer paso, pero aún le quedaba una larga batalla por delante. Su madre podría aceptar a Lucas, pero Angie era otro asunto.

¿En qué lío se había metido?

Cuando llegó a casa, encontró a Angie estudiando los libros de cuentas en el estudio. Después de una semana, Jordan empezaba a preguntarse cómo iba a arreglárselas sin ella. Su masculino y desordenado santuario, de repente, era un sitio eficiente y ordenado. La presencia de Angie le daba calor a la fría habitación y cuando no estaba allí la echaba de menos.

Por fin, Angie había comprado un monovolumen de segunda mano, pero en buen estado, y había apuntado a Lucas en unas clases de preescolar donde el niño estaba haciendo amigos.

Jordan había descubierto que la mejor manera de hacerla feliz era dejarle su espacio y, por el momento, la frágil tregua parecía estar funcionando.

Pero iba a ponerla a prueba en un momento.

Con un cárdigan rosa sobre una falda negra, Angie tenía un aspecto elegante y encantador al mismo tiempo.

Desde la noche de la fiesta, Jordan había logrado no ponerle las manos encima, pero cada día era más difícil controlarse. Y se merecía un puñetazo por lo que estaba pensando en ese momento.

–¿Necesitas el escritorio? –le preguntó ella, colocándose un mechón de pelo detrás de la oreja.

Jordan se imaginó inclinándose sobre el escritorio para morderle el lóbulo de su oreja hasta que la tuviera gimiendo…

Nervioso, se aclaró la garganta, intentando controlar sus pensamientos.

–No, no lo necesito. Sigue con lo que estabas haciendo.

La dura realidad era que deseaba a aquella mujer. La quería de vuelta en sus brazos y en su cama, pero para eso Angie tenía que desearlo y no estaba seguro de que fuera así. Además, antes tenían que hablar de otros asuntos.

Jordan no estaba ayudándola a concentrarse. Angie intentaba prestar atención a los recibos y facturas, pero podía sentir los ojos de Jordan clavados en ella. ¿Estaría desnudándola con la mirada, recordando cómo era sin ropa? ¿Estaría recordando cómo la había acariciado por la noche?

Ella sí. Y tenía que parar.

Angie hizo un esfuerzo para mirarlo a los ojos.

–¿Necesitas algo, Jordan? Me gustaría terminar esto antes de que Lucas vuelva, así que…

–Eso puede esperar –la interrumpió él–. Necesito hablar contigo.

–¿Ocurre algo?

–Nada que no hubiera planeado. He ido a visitar a mi madre esta mañana.

Angie tragó saliva. Estaba empezando a sentirse como en casa en el rancho y Lucas lo pasaba en grande, pero una sola palabra de Meredith Cooper podía cambiar todo eso.

–Entonces, sabe de la existencia de Lucas.

–Seguía perpleja cuando me marché –asintió Jordan–. Me temo que va a tardar algún tiempo en aceptarlo.

–Si lo acepta –dijo Angie–. Imagino lo que piensa de que yo viva en su casa.

–Lo que ella piense da igual. Lo importante es que estoy haciendo lo que debo por el hijo de Justin.

–¿Eso es lo que le has dicho?

–Le he dejado claro que tú eras parte del trato.

–Ah, ya veo.

–La he invitado a cenar aquí el día de Acción de Gracias –dijo Jordan entonces–. No me responderá hasta la semana que viene, pero creo que es hora de que conozca a su nieto.

–¡No! –Angie reaccionó como una leona defendiendo a su cachorro–. No me importa que tu madre me odie, pero no voy a permitir que desprecie a Lucas.

–Mi madre se enorgullece de sus buenas maneras y, piense lo que piense, no montará una escena.

–No puedes garantizarlo, Jordan –insistió ella–. Mi prima Raquel nos ha invitado a cenar en su casa, así que iremos allí.

–Pero es que yo quiero que conozca a Lucas –Jordan suspiró–. Hay cosa que debes entender… cosas que seguramente debería haberte contado antes.

–¿Sobre la razón por la que nos has traído aquí?

Él se dejó caer sobre una silla.

–Esta propiedad, como otros bienes de la familia, está en un fideicomiso a mi nombre y a nombre de mi madre. Pero Lucas también es un heredero.

–Entonces, ¿esto es por el dinero?

–No, es porque tengo una deuda con mi hermano y quiero hacer lo que él habría hecho si no hubiera muerto. Si consigo que Lucas sea declarado heredero legal, una parte de todas las propiedades de los Cooper será suya cuando cumpla la mayoría de edad.

–Pero en este momento todo sería tuyo, ¿no? ¿Por qué quieres compartirlo con Lucas?

–Porque se lo debo a la memoria de mi hermano. Además, yo tengo dinero propio.

–¿Y tu madre? –preguntó Angie.

–Mi madre podría ponernos las cosas difíciles si quisiera. Seguramente tendría que llevarla a juicio, pero no quiero hacerlo y tampoco quiero tener que esperar un montón de años. Espero que acepte a Lucas como su nieto y que ella misma sugiera incluirlo en el fideicomiso.

–Por eso nos has invitado a venir al rancho.

–En parte, sí.

–Y esperas que Lucas se gane el cariño de tu madre –murmuró Angie–. Esa es una carga tremenda para un niño tan pequeño.

–Lo sé –asintió Jordan–. Pero no es solo por el dinero. Quiero que conozca a Lucas por ella misma. Mi madre es una buena persona, pero tiene el corazón roto y un nieto podría cambiar su vida.

Angie se miró las manos.

–Pero también podría hacerle daño a mi hijo. ¿Cómo voy a arriesgarme a eso?

–Mi madre no cruel. No le haría daño a Lucas y, además, piensa en los beneficios para tu hijo.

–Tu madre siempre creyó que yo solo buscaba el dinero de Justin y pensará que todo esto ha sido idea mía.

–Solo es una cena, Angie. Habrá tiempo para el resto más tarde, pero tenemos que empezar por algún sitio.

–Tu madre me culpa por la muerte de Justin y por la de tu padre. ¿Cómo vamos a llevarnos bien?

Jordan le apretó la mano.

–Si sigue culpándote, es hora de que deje de hacerlo. Y es hora de que tú dejes de hacerlo también. Tú no tuviste nada que ver con el accidente, Angie. Y tampoco con el infarto de mi padre. Nadie sabe eso mejor que yo.

Angie lo miró, con el corazón en la garganta. Jordan había sido el último de la familia en ver a Justin vivo. ¿Sabría algo que ella no sabía?

El sonido de un claxon los interrumpió. Era el autobús de la guardería, esperando que saliera a buscar a Lucas.

Murmurando una disculpa, se levantó y salió del estudio.

Jordan miraba a Angie desde la ventana. El viento movía su largo pelo oscuro mientras corría para abrazar a su hijo.

Angie merecía conocer la verdad sobre la muerte de Justin. Un momento antes había estado a punto de contárselo, pero eso podría destrozar sus planes.

Tenía dos semanas para tender puentes; puentes que podrían facilitar una cura para lo que quedaba de su familia. Se lo debía a Justin, a su padre, a su madre, a Lucas… y a Angie.

Tenía que hacer que aquello saliera bien.

***

—¿Puedo ver fotos de mi papá, tío Jordan?

Angie levantó la mirada del plato. Lucas había estado pidiendo ver el álbum familiar desde que Marta mencionó las fotos. Por el momento, Jordan había estado demasiado ocupado, pero esa noche asintió con la cabeza.

—Claro que sí. Si a tu madre le parece bien.

—¿Yo estoy incluida?

—Por supuesto.

—Muy bien, pero antes termina de cenar, cariño.

Sería doloroso para ella ver fotografías de Justin, pero Lucas quería verlas y tenía derecho a hacerlo.

Después de cenar, Jordan encendió la chimenea y los tres se sentaron en el sofá, con el niño entre los dos, para mirar uno de los álbumes. Al lado de cada foto había notitas escritas a mano...

¿Meredith? ¿Quién si no? Y, como todo lo demás en la casa, el álbum era exquisito.

En la primera página estaba el retrato de boda de una pareja.

—Esos son tus abuelos —dijo Jordan.

—¿Están muertos? —preguntó el niño.

—Tu abuelo sí, pero tu abuela vive. Tal vez pronto la conozcas. Por supuesto, ahora es mayor que en la foto.

Angie estudió la fotografía por encima del hombro de Lucas. Meredith había sido una belleza de pelo castaño y figura de modelo, con un rostro que podría haber aparecido en las portadas de las revistas de moda. Qué felices parecían.

Era raro, pero nunca había pensado en los esti-

95

rados padres de Justin como una pareja de enamorados.

–¿Quiénes son estos niños? –Lucas había pasado una página y estaba señalando a dos bebés idénticos sobre una alfombra. Cualquiera de los dos podría ser Lucas a esa edad.

Jordan sonrió.

–El que tiene cara de enfadado soy yo. El que sonríe es tu padre.

–¿Cómo lo sabes?

Más páginas, más fotografías, dos niños en los brazos de su preciosa madre, en el baño, sobre las rodillas de su padre, con un cachorrito. A los tres años, los mellizos tenían el pelo rubio, pero aparte de eso eran la viva imagen de Lucas, con el mismo remolino en la coronilla, el hoyito en la mejilla izquierda, la barbilla pronunciada.

Esas fotografías hacían que imaginase cómo sería Lucas con el paso del tiempo. Entonces miró a Jordan. Revivir el pasado con su hermano debía ser doloroso para él. Siempre había oído que los mellizos tenían una conexión especial que ni siquiera la muerte podía romper… tal vez eso explicaba por qué estaba tan decidido a cumplir lo que él creía sería el deseo de Justin.

La noticia de que pensaba hacer a Lucas heredero de su hermano la había sorprendido y emocionado, pero no podía dejar de cuestionarse sus motivos. ¿Lo hacía por generosidad, por sentimiento de culpa o habría algún motivo que ella desconocía?

Una cosa era segura: Jordan Cooper nunca hacía nada sin una buena razón.

–¿Quién es este? –preguntó Lucas, señalando la última página del álbum.

Era la foto de boda de Jordan. La novia era una chica guapísima de pelo rubio y ojos azules que llevaba un vestido exquisito. Y el diamante que llevaba en el dedo habría cegado a más de una estrella de cine.

–Es mi mujer –respondió Jordan–. O lo era.

–¿Murió como murió mi papá?

–No, se marchó.

–Es preciosa –dijo Angie.

Ella miró la foto de nuevo. Jordan estaba sonriendo, pero la sonrisa no iluminaba sus ojos. Parecía como si supiera incluso el día de la boda que el matrimonio no iba a durar.

¿Habría amado a su esposa? ¿Era capaz de amar a una mujer durante toda la vida?

Cuando le habló de su boda le había dado a entender que se había casado por obligación, para ampliar la familia. No había salido bien y tal vez estaba intentándolo de otra forma: acogiendo al hijo de su hermano.

Angie estaba segura de que sentía auténtico afecto por Lucas, pero si creía estar actuando por el bien de su hijo, también podría usarlo como herramienta.

¿Y qué haría ella si encontrase pruebas de que estaba utilizándola?

¿Tendría valor para marcharse?

Raquel respondió de inmediato a su llamada.

–¿Qué ocurre, cariño?

–Nada, todo va bien. O, al menos, eso espero –Angie se echó hacia atrás en la silla, moviendo sus cansados hombros. Llevaba horas trabajando en una página web para un nuevo cliente y necesitaba descansar un rato.

–¿Jordan te trata bien? –le preguntó Raquel.

Ella suspiró, preguntándose cuánto se atrevería a contarle a su inquisitiva prima.

–Jordan se porta muy bien. No ha vuelto a tocarme.

–Ah, claro, por eso pareces tan infeliz.

Angie decidió ignorar la broma.

–No te llamo por eso. Me temo que Lucas y yo no iremos a cenar a tu casa mañana. Jordan invitó a su madre a cenar en el rancho y acaba de decirme que va a venir.

–¿Qué? ¿La bruja en persona?

–Eres incorregible. Que no te oiga Lucas llamar así a su abuela.

–Ya sabes que cuando él está cerca me muerdo la lengua –dijo Raquel–. Pero después de cómo te trató esa mujer…

–No quiero recordar el pasado. Meredith es la abuela de Lucas y debo darle una oportunidad.

–¿Pero te la dará ella a ti? Te aconsejo que guardes un cuchillo afilado y no le des la espalda.

–Acepto el consejo –Angie soltó una risita–. Es como si la reina de Inglaterra regresara a Buckingham. Todo está limpio, ordenado, reluciente. Marta incluso me ha dejado barrer las hojas del patio.

–Hablando de Marta, ¿sigue tratándote como si fueras a robar la cubertería de plata?

–Sigue siendo un poco seria, pero la entiendo. Adoraba a Justin y sigue culpándome a mí... –Angie sacudió la cabeza–. Pero a Lucas lo trata con mucho cariño y eso es lo único que importa.

–¿Eres feliz en el rancho?

–Lucas es feliz.

Después de prometer que iría a visitarla lo antes posible, Angie cortó la comunicación y se levantó para estirar las piernas. Desde la ventana podía ver a Jordan metiendo la camioneta en el garaje. Lucas había ido con él a llevar sal y pienso para el ganado. El niño, que estaba como loco por hacer lo que hacían los peones, llevaba una camisa de cuadros, vaqueros y las botas que Jordan le había regalado. Mientras iban hacia la puerta, Angie notó que intentaba imitar la forma de caminar de su tío...

Había encontrado la figura paterna que necesitaba, pero Jordan no era su padre sino un hombre con intenciones que ella desconocía. Aunque no quisiera hacerle daño a Lucas intencionadamente, su generoso plan de incluir a Lucas en la familia Cooper podría asegurar el futuro de su hijo, ¿pero y su corazón?

Angie salió de la habitación y se encontró con Lucas en la escalera.

–¡Mamá, he ayudado al tío Jordan a dar de comer al ganado! ¡Un ternerito me ha chupado el dedo!

–¡No me digas! –Angie se dejó caer sobre el último escalón para sentarlo sobre sus rodillas–. Creo que estás convirtiéndote en un auténtico ganadero.

–Se le da muy bien el ganado –dijo Jordan.

–No me sorprende –Angie miró el rostro bronceado por el sol y el viento… y tuvo que apartar la mirada.

¿Cómo iba a proteger a su hijo del hechizo de Jordan Cooper si ella misma no podía protegerse?

Sería un tonto si pensara que su vida podría ser lo que no era. Si conseguía que su madre aceptase a Lucas como heredero, su trabajo estaría hecho. Angie podría quedarse allí el tiempo que quisiera, pero no se quedaría para siempre. Aparte del bienestar de Lucas, no tenía nada que hacer allí. No había futuro para ella en un rancho y tarde o temprano se marcharía.

Pero la deseaba tanto, no solo su cuerpo, quería su confianza, su afecto… pero para conseguir eso tenía que ser sincero. Y no podía serlo.

El día de Acción de Gracias amaneció nublado y con amenaza de nieve. El tiempo hacía juego con el humor de Angie.

Angie empezó a ponerse nerviosa al mirar la

mesa del comedor. Los cuatro servicios parecían muy solitarios en una mesa tan grande.

Lucas bajó corriendo la escalera. Iba peinado y limpio, con la ropa que había elegido para él y que esperaba siguiese limpia durante toda la cena.

–¡Qué bien huele! –exclamó el niño–. ¿Cuándo vamos a cenar?

–Cuando vuelva el tío Jordan con tu abuela. ¿Te has acordado de darle la cena a Rudy?

–Sí.

–¿Y recuerdas lo que te he dicho sobre los buenos modales?

–Tengo que decir por favor y gracias –recitó Lucas–. No debo hablar con la boca llena, ni comer con las manos…

Lucas se volvió hacia la ventana al escuchar un ruido.

–¡Ya están aquí, mamá!

Angie se quedó inmóvil cuando la puerta se abrió y Meredith Cooper apareció en el umbral, tan regia como siempre. Alta, con un elegante moño, pero estaba más delgada de lo que recordaba, con los ojos hundidos. Y las manos que sujetaban el bolso de diseño tenían los nudillos hinchados.

Jordan tomó a Lucas en brazos y Angie contuvo el aliento.

–Madre, te presento a Lucas, tu nieto.

El niño le ofreció la mano derecha.

–Hola. ¿Cómo estás?

Angie tragó saliva mientras Meredith estrechaba la manita del niño.

–Encantada de conocerte, Lucas.

–Creo que la cena ya está lista –dijo Jordan, dejando al niño en el suelo–. ¿Por qué no me das el abrigo y el bolso?

Lucas fue con él para colocarlo todo en el armario… dejando a Angie sola con la leona.

Meredith entró en el comedor.

–Hola, Angelina –la saludó–. No puedo decir que hubiera esperado volver a verte.

–Tampoco yo –dijo Angie– pero Jordan insistió en que Lucas conociera a la familia de su padre.

–Ya –Meredith empezó a colocar los cubiertos, frunciendo el ceño al ver el vaso de plástico frente al plato de Lucas–. El niño se parece mucho a Justin. ¿Por qué no me lo habías dicho antes?

–Creo que tú sabes por qué.

–Sí, claro. Tengo tan buena memoria como tú.

–Lucas sabe quién es su padre. Ha crecido viendo sus fotos y le he hablado mucho de él.

–Pero no le has dado el apellido Cooper.

–En esas circunstancias, no me pareció apropiado –respondió Angie.

–¿Y estás pensando dárselo ahora? –lo abrupto de la pregunta sorprendió a Angie.

–Eso dependerá de Lucas. Tal vez cuando sea mayor… pero será su decisión, no mía.

–Ya veo –murmuró Meredith–. Sé que Jordan te localizó y te pidió que vinieras al rancho, pero… ¿qué estás buscando, Angelina? ¿Dinero?

Angie tuvo que contener una respuesta airada.

–Solo quiero lo mejor para mi hijo. En cuanto al

dinero, tengo mi propio negocio y gano lo suficiente para vivir. Además, estoy llevando los libros del rancho para pagar el coche que conduzco –le dijo, levantando la barbilla en un gesto desafiante–. Esto no tiene nada que ver con el dinero, Meredith. Yo quería mucho a Justin y haría lo que tuviese que hacer para proteger a mi hijo.

Jordan entró entonces en el comedor, con Lucas tras él.

–¿Podemos cenar? –preguntó su madre.

–¿Por qué no vas a la cocina y le preguntas a Marta si la cena está lista, Lucas? Si ella dice que sí, podemos sentarnos.

El niño salió corriendo, dejando a los tres adultos en silencio.

–Bueno, madre ¿qué te parece?

–No me presiones, Jordan. Necesito tiempo.

La voz de Meredith temblaba de emoción contenida. Tal vez tenía un corazón después de todo, pensó Angie.

–¡La cena está lista! –anunció Lucas–. Ya podemos sentarnos.

Jordan miró alrededor, contento. La cena podría haber sido mucho peor, pero su madre se había mordido la lengua y Lucas había logrado comer sin tirar su leche o mancharse la camisa. Incluso había recordado dar las gracias a Carlos cuando le sirvió el segundo plato, algo inaudito en un niño de poco más de tres años.

Lo mejor de todo era que su madre parecía haberlo aceptado. Los documentos que le había mostrado en el coche y el parecido del niño con Justin habían sido suficiente para convencerla de que era su nieto.

Angie era otra cuestión.

La conversación durante la cena se había centrado en la historia del rancho y en la gente famosa que había cenado allí, pero la tensión entre las dos mujeres podría cortarse con un cuchillo.

–¿Alguien quiere café con la tarta? –haciendo su papel de anfitriona, aunque ya no viviese en el rancho, Meredith movió una campanita y Carlos apareció enseguida con la bandeja del café.

A Lucas se le cerraban los ojos y Jordan estaba a punto de sugerir que lo llevase a su habitación cuando oyeron un ruido en la puerta del patio.

Meredith enarcó una ceja.

–¿Qué es eso?

–Voy a averiguarlo –dijo Carlos, cuando terminó de servir el café.

Escucharon el estruendo de una bandeja estrellándose contra el suelo, seguido de una sarta de palabrotas.

Un segundo después, con la lengua fuera y arañando el suelo con las uñas, Rudy apareció galopando en el comedor.

El cachorro, que había adquirido un tamaño considerable desde su llegada la rancho, solía portarse muy bien y probablemente había ido al comedor porque echaba de menos a Lucas, pero asustado por el ruido de la bandeja, intentó subirse a las rodillas del niño.

–¡Rudy!

Angie tomó a Lucas en brazos y la silla cayó al suelo, asustando más al animal, que puso las patas sobre la mesa, tirando sin querer platos y vasos al suelo.

Meredith empezó a gritar, más de ira que de miedo.

–¡Sacad de aquí a ese horrible bicho!

–Lo siento, señora Cooper –se disculpó Carlos–. Abrí un poco la puerta y el perro se coló entre mis piernas…

Lucas estaba llorando y Angie lo apretó contra su corazón.

–Quiero que te libres de esa horrible criatura –dijo Meredith–. ¡Lo quiero fuera del rancho mañana mismo!

–¡No! –gritó Lucas–. No te lleves a Rudy. ¡Es mi perro!

–Me da igual. Te compraremos algo más pequeño, un *golden retriever* como el que tuvo tu padre.

–¡Yo quiero a Rudy! –insistió el niño, con los ojos llenos de lágrimas.

–Voy a llevarlo fuera –dijo Jordan–. Carlos, limpia esto, por favor. No te preocupes, Lucas, Rudy estará calentito en el establo. Luego iremos a verlo, no le va a pasar nada.

–Estoy agotada y quiero irme a casa –anunció Meredith.

–Yo te llevaré, no te preocupes.

***

Cuando volvió al rancho, el sol se había puesto, Marta y Carlos se habían ido a casa y Lucas debía estar dormido porque Angie estaba sola en el sofá, frente a la chimenea encendida.

–¿Qué tal está Lucas? –le preguntó, mientras se quitaba la chaqueta.

–Se ha dormido –respondió ella–. ¿Qué tal con tu madre?

–Bien. Le he dejado claro que Rudy es parte de la familia y que si quiere ver a su nieto va a tener que aceptarlo.

Jordan se dejó caer sobre el sofá y estiró las piernas hacia la chimenea.

–Me sorprendes, Jordan Cooper.

–¿Por qué?

–Ponerte del lado de un chucho sin pedigrí… creo que ahora mismo me caes mejor que nunca.

Jordan esbozó una sonrisa.

–Eso suena prometedor, ¿no?

–Podría ser… algo bueno –respondió por fin.

Un gemido escapó de su garganta cuando Jordan le tomó la cara entre las manos. No sabía cuánto lo deseaba hasta ese momento, pero cuando él empezó a acariciarla por encima de la blusa pensó que estaban yendo demasiado lejos.

Haciendo acopio de voluntad, Angie se apartó.

–Es mejor esperar un poco. Lucas podría despertarse…

–¿Lo dejamos para otro momento?

Ella sonrió.

–Sí, creo que sería lo mejor. Aunque nada haría más feliz a mi hijo que despertar y ver a Rudy al lado de su cama. ¿Tú crees que…?

–Sí, claro, voy a buscarlo. Esperemos que el cachorro haya aprendido la lección.

Angie se dirigía a la escalera cuando Jordan la llamó.

–Tal vez más tarde podríamos…

–Muy bien.

¿Estaba siendo una ingenua al olvidar la precaución y el sentido común para acostarse con Jordan otra vez?

Si la respuesta era afirmativa, ¿por qué no estaba dispuesta a dar marcha atrás? ¿Era porque Jordan se había puesto de su lado y en contra de su madre?

Eso no significaba nada porque estaba claro que quería acostarse con ella. La cuestión era si quería algo más.

La puerta de la habitación de Lucas estaba entreabierta, como ella la había dejado. No parecía que el niño se hubiera movido, pero Angie notó algo raro: sus zapatillas, que había dejado sobre la alfombra, habían desaparecido. Y la chaqueta ya no estaba sobre el respaldo de la silla.

Temiendo hasta respirar, Angie apartó el edredón. Sobre la cama, cuidadosamente colocados, había varias almohadas y muñecos de peluche…

Pero su hijo había desaparecido.

Capítulo Seis

Angie se lanzó escaleras abajo y Jordan corrió hacia ella.

–¡Se ha ido! ¡Lucas ha desaparecido!

–Lo sé, Rudy tampoco está en el establo, pero he encontrado huellas en la nieve –Jordan tomó su chaquetón–. Voy a buscarlos. ¿Quieres quedarte aquí, por si acaso volviera?

–No, puede que me necesite. Voy contigo –Angie corrió al armario para buscar su abrigo mientras él buscaba una linterna.

La nieve haría posible que les siguieran la pista, pero era de noche y hacía mucho frío. ¿Durante cuánto tiempo podría sobrevivir un niño con esa temperatura?

–Ven por aquí –Jordan la llevó hacia el establo–. He visto las huellas ahí detrás.

Angie miró las marcas de las zapatillas de Lucas y las patas de Rudy.

Mientras seguía a Jordan iba rezando en silencio. Se paraban de vez en cuando para llamar al niño, pero la única respuesta era el silbido del viento.

De repente, Jordan se detuvo, murmurando una palabrota.

–¿Qué ocurre?

–Coyotes –murmuró él, señalando el suelo–. Deben ser un par de ellos. Huirían de un adulto, pero…

No tenía que terminar la frase. Lucas era lo bastante pequeño como para que un par de coyotes hambrientos lo considerasen una presa y un cachorro inexperto como Rudy no podría hacer nada.

Se le doblaron las piernas de pánico, pero hizo un esfuerzo para ser fuerte.

–Tú caminas más rápido que yo… ve delante, yo te seguiré.

Jordan acarició su mejilla.

–No te preocupes, lo encontraremos.

–Date prisa, por favor.

Angie lo vio alejarse, con el corazón en la garganta.

Si algo le ocurría a Lucas…

–¡Lucas! –gritó Jordan, aguzando el oído por si había respuesta.

Las huellas se habían vuelto erráticas, como si Lucas estuviera cansado o desconcertado. Al menos Rudy iba con él, pero las huellas de los coyotes estaban cada vez más cerca, como si las astutas bestias estuvieran buscando valor para atacar.

¿Y si llegaba demasiado tarde? ¿Y si había perdido a Lucas? No lo quería ni pensar…

Jordan siguió adelante más decidido que antes. Tenía que encontrarlo como fuera.

Jordan no podía imaginar la vida sin ellos.

–¡Lucas! –lo llamó, en la oscuridad, medio cegado por la nieve–. ¡Lucas!

Entonces le pareció oír algo. ¿Un grito? No, era un ladrido. Era Rudy.

–¡Lucas, respóndeme! –volvió a gritar. Rezaba para escuchar la voz del niño, pero solo volvió a escuchar el ladrido y, rezando, corrió en esa dirección.

Vio unas sombras en la nieve y, un segundo después, a Rudy. Con la cabeza gacha y el lomo levantado, estaba guardando algo tras él, alerta, seguramente porque había olido a los coyotes.

–Tranquilo, chico, soy yo –dijo Jordan.

Enseguida vio a Lucas tumbado bajo un arbusto, medio escondido entre sus ramas.

El niño estaba inmóvil.

Muerto de miedo, corrió hacia él y tomó al niño en brazos. Estaba helado, pero respiraba.

–¿Lucas? ¡Lucas, despierta!

El niño abrió los ojos.

–Estoy… cansado –murmuró.

Quitándose el chaquetón, Jordan se lo puso por encima.

–Vamos a casa, hijo.

Angie corría hacia ellos, angustiada.

–Cariño…

–Está bien, solo tiene frío –dijo Jordan.

Angie tomó a Lucas en brazos y lo cubrió con su abrigo. Se quedó un momento inmóvil, acariciando la carita de su hijo.

Había pasado por un infierno esa noche, pensó Jordan, y su coraje lo asombraba. ¿Cómo podía la gente tener hijos en un mundo lleno de peligros? ¿Cómo podían tener el coraje de querer tanto a alguien cuando el riesgo de perderlo era tan alto?

¿Era él un cobarde? ¿Era por eso por lo que tras la muerte de Justin no había dado el cien por cien en su matrimonio? ¿Era por eso por lo que iba de una relación a otra sin involucrarse, sin poner el corazón?

Cuando llegaron a casa, Angie llevó al niño a su habitación y Jordan llenó el cuenco de Rudy, que se merecía más que nunca una recompensa. Luego preparó una taza de chocolate caliente para Lucas y llamó suavemente a la puerta de la habitación.

–Gracias –dijo Angie–. Le vendrá bien. El pobrecito está helado.

–¿Cómo se encuentra?

–Agotado. Espero que se quede dormido enseguida.

–Veo que Rudy ya se ha tumbado en la alfombra después de hacer su trabajo. Ese cachorro merece una medalla, no se ha movido de su lado.

Angie esbozó una sonrisa.

Jordan bajó al cuarto de estar y echó un tronco en la chimenea antes de dejarse caer sobre el sofá.

Angie bajó al cuarto de estar sin hacer ruido.

La chimenea estaba encendida y, a la luz de la lámpara, vio a Jordan dormido en el sofá.

Al ver que el flequillo le caía sobre la frente, como si fuera un niño, se inclinó para besarlo...

Estaba arropándolo con una manta cuando abrió los ojos. Su mirada era un poco vidriosa y turbadoramente sexy.

–Hola –murmuró–. ¿Cómo está Lucas?

–Ha tardado un rato en dormirse, pero no creo que despierte hasta mañana.

–Me alegro –Jordan se incorporó, desnudándola con la mirada, y Angie sintió un aleteo en el estómago. Se había acostado con él una vez y se había dicho a sí misma que no significaba nada, pero en esta ocasión sabía que estaría arriesgando el corazón.

Tal vez hubiera sido más sensato quedarse arriba.

–Siéntate, Angie –dijo él entonces–. Lo has pasado muy mal y tienes que descansar un poco.

–Ese es el mejor consejo que he escuchado en toda la noche.

Mientras ella se dejaba caer sobre el sofá, Jordan empujó una otomana.

–¿Mejor?

–Sí, mucho mejor.

–¿Quieres un café?

–No, gracias. Eso me mantendría despierta.

Jordan enarcó una burlona ceja. Pero no insistiría, estaba segura. Tenía demasiado orgullo para eso. Lo que pasara, si pasaba algo, sería decisión suya.

Jordan le levantó los pies para ponerlos sobre la

otomana y solo entonces se dio cuenta de que seguía llevando las zapatillas empapadas por la nieve.

Con cuidado, él se las quitó, sacudiendo la cabeza.

–Pobres pies, son como dos bloques de hielo. Espera, vuelvo enseguida.

Salió de la habitación y volvió un momento después con una toalla y un frasco de contenido misterioso. Sentándose de nuevo en el sofá, se colocó sus pies sobre las rodillas y empezó a darle un masaje.

Angie cerró los ojos mientras Jordan le secaba los helados pies con la toalla, húmeda y caliente. La sensación era tan agradable que los ojos se le llenaron de lágrimas. ¿Alguien en toda su vida había hecho algo así por ella?

–Has aprendido esto del demonio, junto con el masaje en los hombros, ¿verdad? –bromeó, para disimular lo que sentía.

Jordan esbozó una sonrisa.

–Sí, claro, a cambio de mi alma.

–Seguro que lo haces con todas las mujeres.

–Solo con las que tienen los pies helados –Jordan abrió el frasco que había llevado con él. Era una crema que olía a sándalo y con la que le dio un masaje en el empeine y la planta de los pies, creando chispas de placer que le subían por las pantorrillas, los muslos y...

Angie dejó escapar un gemido, derritiéndose como mantequilla bajo una llama.

–Esto es demasiado –murmuró–. Eres un hombre malvado, Jordan Cooper.

–Y tú no sabes ni la mitad –bromeó él, sin dejar de atormentarla con sus dedos.

¿Durante cuánto tiempo pensaba seguir atormentándola de ese modo?

Riendo, Jordan se incorporó y la tomó en brazos para llevarla a su dormitorio. Angie casi esperaba que la tirase sobre el colchón, pero se detuvo a los pies de la cama y la dejó suavemente en el suelo para darle un beso largo, cálido y profundo, tan profundo que Angie sintió que la quemaba de la cabeza a los pies.

Podía tocar los contornos de su fuerte torso, su estómago plano y el miembro duro por encima de la ropa. Sin pensar, movió la mano para bajarle la cremallera del pantalón.

–Dime lo que quieres, Angie –su voz era como el terciopelo.

–Esto –respondió ella, acariciándolo por encima del pantalón, sintiéndolo temblar.

–Quiero oírtelo decir.

–Te deseo, Jordan –murmuró Angie. Nunca había estado más segura de nada en toda su vida–. Te quiero dentro de mí.

Jordan tardó apenas unos segundos en desnudarse y ponerse un preservativo. Luego le quitó la ropa a ella y la levantó para apretarla contra su rígido miembro.

Angie dejó escapar un gemido cuando entró en ella, envolviendo las piernas en su cintura, apretándose contra él con todas sus fuerzas. Gimió de nuevo cuando empezó a moverse, empujando con fuerza, creando una tormenta de sensaciones. Quería moverse, pero la fuerza de la gravedad se lo impedía. Lo único que podía hacer era agarrarse a su cuello y disfrutar del viaje.

–Jordan...

Como sabiendo lo que necesitaba, él dio un paso adelante y se tumbó sobre la cama, sin apartarse un centímetro.

–Soy todo suyo, señora –murmuró.

Su cuerpo parecía arder con cada embestida hasta que todo estalló en una gloriosa explosión.

Jordan la apretó contra su pecho, besando su pelo.

–Eres una chica muy mala –susurró–. Espera, deja que termine.

Sin apartarse, se colocó sobre ella y se dejó ir con una última embestida, temblando de arriba abajo.

Angie sintió su poderosa liberación. Si pudieran quedarse así, pensó, lejos de todo, en paz. Pero ella sabía que el momento no podía durar.

–Me vas a matar.

–Será mejor que me vaya –Angie se sentó en la cama y empezó a buscar su ropa.

–No, espera –Jordan la tomó por la muñeca–. Sé que quieres volver con Lucas, pero hay tiempo. Quédate un poco más.

–¿Y si me quedo dormida?

–Te conozco y no te dormirás. Solo quiero que te quedes unos minutos.

Con la cabeza sobre su torso era como estar en

el cielo, pero Angie no podía creer que fuese a durar.

—¿Cuándo fue la última vez que alguien cuidó de ti?

Esa pregunta la pilló por sorpresa.

—Mis padres murieron cuando yo tenía dieciséis años. Pero incluso cuando vivían trabajaban tanto que siempre estaba sola.

—Entonces, hace mucho tiempo que nadie cuida de ti.

¿Cuándo se había vuelto tan seria la conversación?

—Bueno, estaba Justin.

—¿Justin cuidaba de ti?

Angie suspiró.

—Ya sabes que era muy bueno conmigo, pero en realidad era yo quien cuidaba de él. Le recordaba cosas que tenía que hacer, insistía en que lo hiciese todo a su hora. Justin era tan encantador... era como si supiera que no tenía que cuidar de sí mismo porque siempre habría alguien a su lado —Angie hizo una mueca—. No debería haber dicho eso. Tu hermano era una persona amable y generosa.

—No te disculpes por decir la verdad. También yo tuve que cuidar de mi hermano —Jordan tragó saliva compulsivamente—. Lo que intento decir es que no debes preocuparte. Sé que valoras tu independencia, pero yo puedo cuidar de ti y de Lucas. Y quiero hacerlo, Angie. Si quieres que te diga la verdad, necesito hacerlo.

—Pero ya estás cuidando de nosotros...

116

–Lucas es el hijo de mi hermano y tú eres su madre. Si me dejas, podría ofreceros tantas cosas… viajes por todo el mundo, incluso tu propia casa, si la quieres. Podría abrirte puertas, presentarte a gente…

–Para, por favor –Angie se sentó en la cama, temblando–. ¿No olvidas algo?

–¿Qué?

–Justin seguiría vivo si no fuese por mí, pero murió porque era mi cumpleaños y quería estar conmigo. Y, por si eso no fuera suficiente, mantuve al hijo de Justin escondido de su familia durante casi cuatro años.

–Angie…

–¿Por qué iba a querer que cuidases de mí? Tu madre y tú tenéis razones para odiarme –lo interrumpió ella, a punto de ponerse a llorar–. A veces, me odio a mí misma y por eso no puedo aceptar nada de ti. Nada en absoluto.

Angie saltó de la cama y, después de vestirse a toda prisa, se dirigió a la puerta.

Y en esta ocasión, Jordan no la detuvo.

Jordan golpeó la almohada con el puño cuando Angie salió de la habitación. Querría correr tras ella, ¿pero qué podía decirle?

No iba a poder convencerla de que se equivocaba sin contarle que era él el culpable de la muerte de Justin.

No podía soportar el brillo de tristeza que había

visto en sus ojos. Pero una cosa había llevado a la otra y, como resultado, estaban en el mismo sitio de siempre. Y era culpa suya.

¿Se habría acostado Angie con él si supiera toda la historia?

No.

La cuestión no era si debía contárselo sino cuándo iba a constárselo y cómo. Llevaba cuatro años viviendo una mentira y tarde o temprano tendría que enfrentarse con ella.

Angie tenía derecho a saber por qué la avioneta de Justin había chocado contra la montaña. Solo él conocía toda la historia y tendría que contársela. Pero aún no. Hasta que Lucas fuese nombrado heredero de Justin no podía arriesgarse a que se lo llevase de allí.

Tenía que hacer algo y pronto, pensó. Tal vez sería buena idea pasar unos días en su apartamento en la ciudad. Podría aprovechar el tiempo para trabajar en la oficina y podría pedirle al notario que empezase a redactar el cambio en los documentos del fideicomiso. E incluso tal vez convencer a su madre para que los firmase.

Cuanto más lo pensaba, mejor le parecía. Después de aquel encuentro, Angie seguramente querría estar sola y también a él le iría bien no estar distraído con ella día y noche.

Se iría al día siguiente, a primera hora.

***

De vuelta en el piso de arriba, Angie puso una mano en la frente de Lucas. Afortunadamente, respiraba con normalidad y no tenía fiebre.

¿Qué quería ella de la vida? Quería ser alguien, ganar su propio dinero, seguir estudiando, casarse con un hombre que la quisiera y darle a Lucas la oportunidad de crecer rodeado de una familia.

Y cuanto más tiempo siguiera allí, viviendo de la caridad de Jordan, más difícil sería llevar a cabo esos objetivos. Si aceptaba lo que él le ofrecía, aunque aún no supiese exactamente lo que era, no sería más que una amante... hasta que Jordan se cansara.

¿Y luego qué sería de ella y de su hijo?

Se quedó dormida después de darle muchas vueltas a la situación y cuando despertó a la mañana siguiente vio que alguien había metido una nota bajo la puerta.

Voy a estar en la ciudad unos días, pero tienes el número de mi móvil. Estaremos en contacto.

Eso era todo. Sin detalles, sin mencionar la noche anterior. Sin una palabra de afecto.

Después de tirar la nota a la papelera, Angie fue a despertar a su hijo. Afortunadamente, ella tenía sus propios planes y tal vez podría olvidarse de Jordan Cooper durante unas horas.

Después de desayunar y jugar un rato con Rudy, Angie metió a Lucas en el coche y se dirigió a Santa Fe. Había dejado de nevar y las montañas Sangre de

Cristo brillaban como diamantes contra un cielo de color turquesa.

Las tiendas de la ciudad ya estaban iluminadas y Lucas lo pasó en grande mirando las luces y las decoraciones. Entraron en varias tiendas de juguetes y cuando terminaron Angie estaba agotada.

Lucas protestó cuando le dijo que volvían a casa, pero se animó cuando prometió comprarle una hamburguesa. Se dirigían al coche cuando oyó una voz masculina tras ella.

–¡Angie Montoya! El mundo es un pañuelo.

Quien se dirigía a ella era un hombre rubio con gafas al que Angie tardó unos segundos en recordar. Era Trevor Wilkins, el amigo de Justin que la había acorralado en la fiesta de Jordan.

–Hola, Trevor.

–La última vez que nos vimos había tomado una copa de más y creo que te hice sentir incómoda. Lo siento mucho –se disculpó él.

Angie sonrió.

–Así que este es tu hijo. Se parece mucho a Justin.

–Sí, todo el mundo me lo dice. Bueno, estábamos a punto de ir a comer algo…

–¿Por qué no comemos juntos? Tengo una mesa reservada en La Fonda y me gustaría invitaros.

–Es muy amable por tu parte, pero no tienes por qué…

–Insisto. Para compensarte por lo del otro día –la interrumpió Trevor.

Angie suspiró.

El restaurante estaba llenándose de gente cuando llegaron, pero les dieron mesa en una discreta esquina.

El camarero llevó una trona para Lucas junto con las cartas.

–Yo quiero una hamburguesa –dijo el niño.

Trevor miró la carta.

–Aquí hacen unas hamburguesas muy ricas, pero son un poco grandes.

–En ese caso, la compartiremos –dijo Angie.

En ese momento, una pareja entró en el restaurante. El hombre, alto y guapo, llevaba un jersey oscuro y una chaqueta de *tweed*. La mujer, una señora de cierta edad, tenía un cabello plateado impecable…

Angie se encogió en la silla mientras Jordan y su madre ocupaban una mesa.

Jordan había visto a Angie y a Trevor, pero abrió su carta, haciendo lo imposible por ignorarlos. No había razón para enfadarse con ella, Angie podía salir con quien quisiera. ¿Pero con Trevor Wilkins precisamente? Verla con Trevor había sido como una bofetada.

Al menos su madre les estaba dando la espalda. Jordan había llevado a Meredith a su restaurante favorito con la esperanza de convencerla para que aceptase a Angie y a Lucas, pero si la veía con otro hombre empezaría a desconfiar y eso era lo último que necesitaba.

Trevor no era mala persona. Había heredado la inmobiliaria de su padre y a menudo hacía negocios con él. Tal vez era justo lo que Angie necesitaba; un hombre decente, honrado... y aburrido.

¿Habría llamado a Trevor en cuanto se vio libre de él esa mañana? Sí, seguramente. Pero ¿por qué había llevado a Lucas?

Maldita fuera, esas preguntas lo estaban volviendo loco.

No tenía derecho a estar celoso. Angie había compartido su cama, pero no llevaba su alianza en el dedo y no tenía ningún derecho sobre ella. Además, él no era celoso.

Jordan solo recordaba haber sentido celos en un momento de su vida, cuando su hermano se comprometió con Angie Montoya. Pero entonces había controlado sus emociones y también podía hacerlo en aquel momento.

Lucas apartó su plato, enfadado.

–Esta no es mi hamburguesa. La que quiero viene en una caja con un payaso.

Angie suspiró.

–Esta es una hamburguesa especial, cariño. ¿Lo ves? Tú tienes una mitad y yo tengo la otra. Pruébala.

–No –el niño negó con la cabeza–. No me gusta.

–¿Cómo sabes que no te gusta si no la has probado? –le preguntó Trevor, con lógica de adulto.

–¡Yo quiero la hamburguesa del payaso!

La gente de las mesas cercanas se volvió para mirar al niño con gesto de desaprobación.

–Lucas, ya está bien –lo regañó Angie–. Una palabra más y nos vamos.

–¡Quiero mi hamburguesa! –exclamó el niño, levantando la voz un poco más–. ¡Quiero mi hamburguesa!

Con todo el restaurante mirando, Angie se levantó y sacó a Lucas de la trona.

–¿Y qué pasó después? –le preguntó Raquel, mientras echaba leche en su café.

–Que Trevor fue detrás de mí, pero me despedí en la puerta y aquí estamos –Angie suspiró.

–Así que Jordan y su madre os vieron.

–Nos vio todo el mundo. No he pasado más vergüenza en toda mi vida.

–Y ahí estabas tú, con Trevor –Raquel soltó una risita–. ¿Por qué voy a ver telenovelas cuando tengo una prima a la que le pasan cosas así?

–No tiene gracia. La madre de Jordan podría pensar que Trevor y yo estamos conspirando para robarle a su familia.

–¿Entonces no piensas salir con él?

–¿Salir con él? ¡Pero si apenas lo conozco! Además, no creo que Trevor quiera volver a verme.

–¿Y Jordan?

Angie apartó la mirada.

–No me digas que ha vuelto a pasar –dijo Raquel entonces–. ¿Se puede saber qué estás haciendo?

–No lo sé, por eso estoy aquí.

–¿Estás enamorada de él?

–No lo sé –respondió Angie–. No es fácil amar a un hombre como Jordan.

–¿Pero él te quiere a ti?

–Nunca me lo ha dicho. Sé que siente un gran afecto por Lucas y ha dicho que quiere cuidar de mí... ¿pero qué significa eso? ¿Por qué diría eso un hombre?

–No lo sé, tal vez por sentimiento de culpa.

–¿Por la muerte de Justin? Eso no fue culpa suya sino mía.

–No es culpa tuya, no digas eso. ¿Qué sabes del accidente?

Angie tomó un sorbo de café. Había hecho lo posible para olvidar lo que había pasado y no era fácil para ella recordarlo.

–Justin y Jordan estaban enfadados por nuestro compromiso y apenas se dirigían la palabra –empezó a decir–. Como regalo de Navidad, sus padres habían organizado un viaje a Park City, Utah, para esquiar, esperando que hicieran las paces. Mi cumpleaños era el tres de enero y Justin prometió volver para celebrarlo conmigo... –Angie sacudió la cabeza–. El informe meteorológico decía que haría buen tiempo, así que decidió venir en su avioneta desde Heber City. Si hubiese tomado un avión...

–No te hagas eso a ti misma –la interrumpió Raquel, poniendo una mano en su brazo–. No fue culpa tuya. Además, no puedes cambiar el pasado. Cuéntame el resto de la historia.

–No hay mucho más que contar. La noche del dos de enero, Justin subió a la avioneta alrededor de medianoche y murió pocos minutos después de despegar. Eso es todo lo que sé.

—¿No sabes qué provocó el accidente?

—No, no lo sé. Hacía buen tiempo, había luna llena, la avioneta era nueva y Justin era un buen piloto. No debería haber ocurrido.

—¿Por qué decidió volver solo y de noche? ¿Le has preguntado a Jordan?

—No es algo de lo que ninguno de los dos quiera hablar. Seguramente no se llevaron bien durante las vacaciones o Jordan quería quedarse allí un poco más, no lo sé.

—¿Y nunca pediste que te dieran el informe del accidente?

—¿Para qué iba a hacerlo? Justin había muerto y saber por qué había pasado no le devolvería la vida. Su familia no quería saber nada de mí, de modo que apenas hablamos.

Angie se levantó para acercarse a la ventana. Desde allí podía ver a los niños jugando en el patio. En unos años, Lucas sería lo bastante mayor como para hacer preguntas sobre la muerte de su padre, pensó. Raquel tenía razón, necesitaba saber qué había pasado.

—No sabría por dónde empezar. El informe del accidente estará en Utah, no aquí…

—Podrías localizar al forense.

—Aunque lo encontrase, ¿por qué iba a contarme nada? Justin y yo no estábamos casados.

—Pero tienes un hijo suyo, cariño —le recordó Raquel—. Además, Víctor podría ayudarte.

–Ah, es verdad –Angie había olvidado que el hermano de Raquel era oficial de policía. Tal vez él tendría algún contacto en Utah.

Raquel tomó el móvil para llamar a su hermano.

Una hora después, Angie se dirigía al rancho, con Lucas dormido en el asiento de atrás.

Conducía con los ojos clavados en la carretera, pero no dejaba de darle vueltas a la cabeza.

¿Había hecho lo que debía al pedirle a Víctor ese favor? Quería creer que sí, pero llevaba cuatro años intentando olvidar la muerte de Justin…

¿Era lo bastante fuerte como para enfrentarse con la verdad?

Tarde o temprano tendría que hablar con Jordan del asunto, pero esa era una conversación que debían mantener en persona, de modo que tendría que esperar a que volviese de la ciudad.

Cuando llegó al rancho estaba agotada, pero había prometido hacer algunas sugerencias de diseño para un cliente, de modo que después de meter a Lucas en la cama se puso a trabajar.

¿Por qué Jordan no la llamaba? Quería escuchar su voz. Necesitaba explicarle lo que había pasado, pero pasaban las horas y el teléfono seguía sin sonar. Y ella no pensaba llamarlo. Si Jordan no estaba solo, no quería saberlo.

Una hora después, agotada, subió a su habitación y en cuanto cayó en la cama se quedó profundamente dormida.

El sonido del teléfono la despertó cuando la luz del sol se colaba por las persianas... ¿qué hora era?

Angie alargó una mano para tomar el móvil.

–¿Sí? –murmuró, medio dormida.

–Angie, soy Víctor.

Ella se sentó en la cama, despierta por completo.

–¿Has descubierto algo?

–Acabo de recibir un fax de Utah. La avioneta estaba destrozada, como te puedes imaginar, pero parece que tienen claro qué provocó el accidente. Según el informe del forense, el nivel de alcohol en la sangre de Justin superaba dos veces el límite legal.

Angie contuvo un gemido.

–¿Quieres decir que pilotaba la avioneta estando borracho?

–Estaba tan borracho que no hubiera podido caminar en línea recta.

Capítulo Siete

Angie se abrazó a sí misma, como si temiera partirse en dos.

Durante cuatro años se había culpado a sí misma por la muerte de Justin y había dejado que otros la culparan...

¿Por qué nadie le había contado la verdad?

¿Quién más lo sabría? Jordan, seguro. Él estaba en Utah cuando ocurrió el accidente. Pero tal vez era comprensible que hubiese ocultado la verdad para evitarle ese disgusto añadido a sus padres.

Y tal vez su intención había sido no empañar la imagen de Justin.

Tal vez. Y, sin embargo, ella hubiera querido que le contase la verdad porque de ese modo no se habría sentido tan culpable.

Angie se levantó de la cama y abrió la puerta que conectaba su habitación con la de Lucas, que ya se había levantado y seguramente estaría en la cocina, comiendo las tortitas de Marta.

La fotografía de Justin le sonreía desde la mesilla y mientras estudiaba ese rostro tan querido sintió una punzada de amargura.

Desde su muerte había empezado a olvidar los defectos de Justin. Cuando hablaba de él con Lucas, solo le contaba las cosas buenas, las que hacían que Justin quedase bien. Pero entonces recordó ese otro lado de su carácter… sí, era un hombre guapo, encantador, generoso y dulce, pero también impulsivo, irresponsable y temerario.

Angie salió de la habitación y cerró la puerta. Algún día tendría que contarle a Lucas la verdad sobre el padre al que idolatraba, pero sería mucho más tarde, cuando fuese lo bastante mayor para entender. Jordan, sin embargo, era otra cuestión.

Que Justin se hubiera estrellado porque iba borracho era una pieza más del puzzle. Lo que necesitaba saber era por qué estaba borracho y solo Jordan podría responder a esa pregunta.

¿Debía preguntarle directamente, exigir que se lo contase todo? Tal vez no sería lo más sensato porque Jordan podría cerrarse en banda.

Después de haber caído en sus brazos otra vez se preguntó si él se sentiría como ella, incómodo e inseguro. Tal vez por eso no la había llamado.

¿Estaba enamorada de él?

No podía negar que sentía algo por Jordan, ¿pero cómo podía amar al hombre que le había escondido ese terrible secreto? Jordan había dejado que su familia la culpase a ella por la muerte de Justin. Había dejado que se culpase a sí misma durante todos esos años, cuando él sabía la verdad.

Aunque lo amase, ¿podría perdonarlo?

***

Jordan apareció el lunes por la tarde, después de una ausencia de tres días. Angie y Lucas estaban en el cuarto de estar viendo la televisión cuando entró, con los ojos enrojecidos y aspecto cansado, como si no hubiera dormido en toda la noche.

¿Alguien lo habría mantenido despierto toda la noche?, se preguntó.

–¡Tío Jordan! –gritó Lucas, corriendo a abrazarlo.

Jordan le revolvió el pelo, pero sin dejar de mirar a Angie, que intentaba disimular su nerviosismo mientras apagaba el televisor.

–Mi mamá y yo hemos enseñado a Rudy a dar la patita. ¿Quieres verlo? Voy a buscar a Rudy, está fuera.

–En un momento.

Parecía distraído, pensó Angie. Y preocupado.

–Le he traído un regalo por salvarte la vida –Jordan metió la mano en el bolsillo de la chaqueta y sacó una bolsa con el logo de una cara tienda de mascotas–. Venga, ábrela.

–¡Mira, mamá! –exclamó Lucas, sacando un collar rojo con una plaquita de plata–. Tiene algo escrito, pero no sé leer.

Sonriendo, Jordan se puso en cuclillas para mirarlo a los ojos.

–Es el nombre de Rudy y el número del rancho. Así, si se perdiera y alguien lo encontrase, podrían llamarnos.

–Rudy no se perderá nunca. Siempre está conmigo.

–Claro que sí, porque te quiere mucho. Ah, espera, tengo algo más. ¿Puedes buscarlo en mi bolsillo?

Encantado, Lucas metió la manita en el bolsillo de su chaqueta y sacó una correa de cuero, roja como el collar.

–¡Qué bonita!

–Ahora podremos sacar a pasear a Rudy –dijo Jordan.

–¿Podemos ponérsela ahora mismo?

–Sí, claro. Pero ponte una chaqueta, hace frío.

–Está aquí –Lucas se puso la chaqueta que había tirado sobre el sillón.

Jordan miró a Angie y en sus ojos había un mensaje: tenemos que hablar.

Nerviosa, ella se levantó y empezó a arreglar el cuarto de estar, colocando almohadones, estirando alfombras y tomando su taza para llevarla a la cocina. Estaba viendo cómo el lazo entre Jordan y Lucas se hacía más profundo cada día. ¿Eso era bueno o estaba a punto de romperle el corazón a su precioso hijo?

¿Y su propio corazón? Tal vez hubiera sido mejor no ir al rancho, pensó.

Jordan volvió unos minutos después, solo.

–Carlos está con Lucas. ¿Qué te parece si vamos a dar un paseo? Hace un día estupendo.

–Muy bien.

Tomaron el mismo camino que habían tomado con los caballos días antes. La nieve empezaba a derretirse y una bandada de pájaros cruzaba elegantemente el cielo.

Caminaron en silencio durante unos segundos, Jordan con las manos en los bolsillos de la chaqueta, Angie mirando el suelo.

Aparte del informe sobre el accidente de Justin, había algo más que debían aclarar.

–Entre Trevor y yo no hay nada –dijo ella por fin–. Nos encontramos y se ofreció a invitarnos a comer, pero después de la pataleta de Lucas nos despedimos.

Jordan dejó escapar un suspiro.

–No tienes que darme explicaciones, Angie. Eres libre para salir con quien quieras, me encontré con Trevor el otro día y él me contó lo que había pasado.

Ella rio, nerviosa.

–Menudo fiasco. Especialmente cuando te vi con tu madre.

–Desgraciadamente, a mi madre no le pareció tan gracioso.

–Ah, vaya. ¿Por eso estás tan serio?

–Tú sabes que mi plan era que mi madre incluyese a Lucas en el fideicomiso. Este fin de semana, mientras estaba en la ciudad, el abogado de la familia redactó los documentos. Como mi madre había conocido a Lucas y parecía aceptarlo, yo esperaba que firmase. Y pensaba hacerlo hasta que te vio con Trevor en el restaurante.

–Oh, no –Angie suspiró–. Imagino lo que pensó, claro.

–Mi madre es recelosa por naturaleza y muy protectora con su familia. Su nueva teoría es que tú y tu supuesto novio estáis usando a Lucas para quedaros con la herencia de Justin.

–¡Pero eso no es verdad! Tú crees que Lucas debe ser el heredero de Justin, pero yo no te he pedido nada. Y en cuanto al pobre Trevor...

Jordan tomó su mano.

–No tienes que convencerme, sé que es verdad. Tú no engañarías a nadie y así se lo he dicho a mi madre, pero es muy testaruda y cuando se le mete algo en la cabeza es imposible convencerla de lo contrario –después de decirlo hizo una pausa–. Pero hay algo más. Algo que tienes que saber.

–¿Qué?

–Esta mañana, mi madre me ha dado un ultimátum. Me ha dicho que firmará los documentos con una condición: que aceptes un cheque, renuncies a la custodia del niño y dejes que ella adopte a Lucas.

Angie sintió que el suelo se hundía bajo sus pies.

–¡No! Jamás haría eso. Ni por todo el dinero del mundo.

–Lo sé. Y así se lo he dicho a mi madre.

–¿Por qué todo tiene que estar relacionado con el dinero?

–No es el dinero, es la familia. Pero le gustes a mi madre o no, Lucas y tú sois parte de la familia y haré lo que tenga que hacer para que siga siendo así –Jordan tiró de su mano para apretarla contra su pecho.

Sorprendida, Angie se resistió durante unos segundos, pero luego respondió al beso echándole los brazos al cuello.

¿Estaba enamorada de él? ¿De aquel hombre imposible?

Jordan la soltó, mirándola con gesto de preocupación. ¿Iba a darle una noticia aún peor?

—He estado dándole vueltas al asunto y se me ha ocurrido algo que podría terminar con nuestros problemas.

—¿Qué es?

—Que nos casemos y yo adopte a Lucas. Así no sería el heredero de Justin sino el mío. Al final, sería lo mismo.

Angie lo miró, atónita. ¿Esa era su idea de una proposición de matrimonio? ¿Por qué creía que iba a aceptar un arreglo tan calculado?

—Yo creo que a Lucas le haría mucha ilusión —siguió él.

—Pero no me quieres. Sé que no me quieres.

—Me importas mucho y quiero lo mejor para Lucas. ¿Eso no es suficiente?

Al menos no le mentía, ¿pero era suficiente? ¿Cómo iba a serlo?

—¿Y tu madre? —le preguntó.

—Imagino que al principio se disgustará, pero tendrá que acostumbrarse a la idea. En cuanto a ti, tendrás la mejor vida posible, coches, viajes, seguridad…

—Al menos Justin me quería.

Jordan se puso rígido. Incapaz de mirarlo, Angie se dio la vuelta para volver hacia la casa y él la vio alejarse.

Lo había hecho con la mejor intención. Estaba

desesperado por no perderla, pero lo había hecho fatal y si pensaba que era el tipo más imbécil del mundo, la comprendería.

Él sabía lo que Angie quería escuchar. Quería que le dijera que la amaba. Si el amor era querer estar con ella, querer cuidarla y protegerla, querer formar una familia con ella y con Lucas, entonces amaba a Angie.

Pero mientras hubiera secretos entre ellos sería una hipocresía confesarle su amor.

Solo él conocía las últimas horas de Justin y mientras lo guardase dentro, el recuerdo que Angie tenía de él estaría a salvo. La verdad sería como un veneno al que nadie sería inmune, ni su madre, ni Angie, ni siquiera Lucas.

Mientras volvía a casa, sopesó la idea de compartir su secreto con Angie, pero cuando entró en el rancho había decidido que no podía arriesgarse.

Contarle la historia podría tener consecuencias funestas, de modo que tendría que guardárselo para siempre. Solo existiría en su corazón, junto con el sentimiento de culpa.

Pero no había renunciado a Angie. Si pudiera convencerla para que se casase con él, haría todo lo posible para ser un buen marido y un buen padre. Pero incluso entonces tendría que guardar el secreto.

La cena fue un desastre. Lucas había mantenido una animada charla con Jordan mientras ella movía el pollo de un lado a otro del plato, sin probarlo siquiera. Sería un alivio terminar y subir a la habitación para meter al niño en la cama.

Mientras se llenaba la bañera, Angie sacó el pijama y la ropa que el niño llevaría al día siguiente.

–¿A Rudy le ha gustado su nuevo collar? –le preguntó después, mientras le lavaba el pelo.

–Ha movido mucho la cola –respondió su hijo, pensativo–. ¿Podemos vivir aquí para siempre, mamá?

Angie tragó saliva.

–Para siempre es mucho tiempo, cariño. A veces, las cosas tienen que cambiar.

–¿Por qué? Yo quiero que esta sea nuestra casa. Y quiero que el tío Jordan sea mi papá.

–Hablaremos de eso más tarde –murmuró ella, angustiada–. Ahora tienes que irte a la cama.

–Buenas noches, mami –dijo Lucas mientras lo arropaba–. ¿Puedo rezar por ti y por el tío Jordan?

–Sí, claro.

–Bendice al tío Jordan para que quiera ser mi papá y bendícenos a todos para que vivamos aquí para siempre.

–Buenas noches, cielo –murmuró Angie, intentando contener las lágrimas–. Rudy vendrá enseguida.

El cachorro estaba esperando en la puerta y entró trotando hasta su sitio en la alfombra.

Angie necesitaba estar sola un momento y salió al balcón del segundo piso para respirar profundamente el aire limpio y fresco de la noche.

Había intentado no enamorarse de aquel sitio, pero había fracasado. Lo amaba, como amaba a Lucas.

Pero amar a Jordan no hacía que las cosas fueran más sencillas. Si no estuviese enamorada de él, tal vez podría soportar un matrimonio falso. Pero ¿podría soportarlo día tras día, sabiendo que Jordan solo se había casado con ella por obligación?

¿Y cómo iba a poner sus sentimientos por delante de la felicidad de su hijo? Lucas quería vivir allí, con Jordan como padre, y ella podía hacer realidad ese sueño. ¿Cómo iba a negarle a su hijo algo por lo que había rezado?

Angie oyó pasos tras ella y, antes de darse la vuelta, sintió que alguien ponía una manta sobre sus hombros.

—Hace mucho frío. No quiero que te pongas enferma. Sé que estás disgustada y lo entiendo.

—He estado pensando… a Lucas le encanta vivir aquí y está muy encariñado contigo. Se llevaría un disgusto tremendo si nos marchásemos.

—¿Vas a darme una respuesta?

—No, aún no. Pero siento curiosidad por saber qué clase de matrimonio tienes en mente.

—¿Quieres saber si esperaría que durmiésemos juntos? Por supuesto que sí. Querría verte a mi lado por la mañana, cada mañana.

—Ya veo —Angie tragó saliva.

—Puedes contar con que te sea fiel, Angie. Cuidaré de vosotros y os protegeré durante el resto de mi vida.

Sus palabras estaban haciendo que Angie se derritiera, pero hizo un esfuerzo para ser fuerte.

—¿Y si no saliera bien?

—Entonces, podrías marcharte. Pero me gustaría seguir en contacto con Lucas. Tal vez podríamos llegar a un acuerdo para compartir la custodia.

—Todo suena tan frío, tan práctico.

—Somos personas prácticas, Angie. Y los dos queremos lo mejor para el niño. Por eso creo que podría salir bien.

—¿Y tu madre? ¿Si te casaras conmigo podría quitarte el fideicomiso?

Él negó con la cabeza.

—Ahora mismo soy el único heredero y sin mi apoyo habría que vender el rancho. Mi madre nunca dejaría que eso pasara. Y en cuanto a sus sentimientos hacia ti, también ella es una persona práctica y tarde o temprano tendría que aceptarlo. Aunque solo fuera por su nieto.

Jordan lo tenía todo pensado, pero lo importante era que no la quería. ¿Cómo iba a vivir sin amor durante el resto de su vida?

—Piénsalo. No espero una respuesta hasta que estés segura del todo.

Capítulo Ocho

Angie estuvo dando vueltas en la cama gran parte de la noche, recordando la proposición de Jordan.

Jordan acababa de ofrecerle una vida de privilegios, pero no le había ofrecido lo que ella deseaba de verdad: sinceridad y amor.

Lucas tendría un papá y una mamá, un hogar estable, todo lo que merecía el hijo de Justin Cooper. ¿Cómo iba a negarle eso? ¿No era aquello lo que Justin hubiera querido para él?

Tampoco entendía por qué Jordan le había ocultado la verdad sobre el accidente.

¿Cómo iba a confiar en un hombre que le ocultaba cosas? ¿Cómo iba a pasar el resto de su vida con él?

Cuando por fin se quedó dormida, tuvo una pesadilla terrible. Estaba en la avioneta con Justin, sentada en el asiento del pasajero. La avioneta se escoraba hacia un lado y Angie se agarraba al asiento.

–¡Justin! ¿Qué ocurre?

–Vamos a pasarlo bien, cariño. ¡Aún no has visto nada!

Angie gritó cuando la avioneta se puso boca abajo. Aquello era muy peligroso.

–Por favor, me estoy poniendo enferma... para, Justin. Por favor, vamos a aterrizar. Quiero irme a casa.

Él empezó a reír como un maníaco.

–¿Vas a contarme qué está pasando con mi hermano? ¿Te gusta tanto como yo?

–No sabes lo que dices... –sus palabras terminaron en un grito cuando Justin lanzó la avioneta en picado hacia el suelo.

–No hagas eso –le rogó–. ¡Vamos a tener un hijo!

Justin giró la cabeza para mirarla, pero cuando intentó levantar el morro era demasiado tarde. De repente, la montaña estaba frente a ellos, enorme y negra, bloqueando las estrellas. Ni siquiera tuvo tiempo de llorar antes de que el mundo explotase...

Angie despertó cubierta de sudor. Había sido una pesadilla. Estaba viva, a salvo, con su hijo a unos metros.

Pero la pesadilla había cambiado algo. Mientras intentaba recuperar el aliento se dio cuenta de que había esperado demasiado. Tenía que saber la verdad en ese mismo instante y la única persona que podía contársela dormía en el piso de abajo.

No descansaría hasta que supiera la verdad.

Jordan abrió los ojos, sorprendido al ver a Angie frente a su cama.

–¿Ocurre algo? ¿Lucas está bien?

–Sí, Lucas está bien –respondió ella–. Pero tenemos que hablar.

–¿Ahora mismo? –Jordan encendió la lamparita de la mesilla–. Son las tres de la mañana, Angie. ¿No podemos hacerlo a una hora más civilizada?

Ella negó con la cabeza.

–He esperado demasiado tiempo.

Sorprendido por su tono, Jordan se sentó en la cama.

–¿Quieres que haga un café?

–No te molestes –Angie se sentó al borde de la cama, nerviosa–. Acabo de tener una pesadilla, un sueño horrible sobre la muerte de Justin. Pero tú estabas en Park City cuando murió y quiero saber lo que pasó.

Él tragó saliva.

–Han pasado casi cuatro años. ¿Por qué ahora?

–Debemos confiar el uno en el otro –Angie pasó una mano por el edredón–. Mi primo ha pedido el informe del accidente y sé que Justin murió estando borracho. ¿Qué más me has escondido, Jordan?

Lo sabía. Angie lo sabía.

–Quería evitaros más dolor, a mis padres y a ti.

–¿No pensabas contármelo nunca?

–No.

–¿Tan horrible es?

–Es historia pasada. Nadie puede cambiarla, así que olvídalo y vete a dormir.

–Es demasiado tarde para eso. No pienso irme de esta habitación hasta que me lo cuentes.

De modo que había llegado el momento, ese

que él no había querido que llegase. Jordan empezó a contarle la historia, sabiendo que Angie merecía saber la verdad y también que una vez que la hubiera escuchado no querría saber nada de él.

—Ir a esquiar no fue buena idea. Cuando no estábamos esquiando, Justin y yo estábamos discutiendo.

—¿Sobre mí?

Jordan exhaló un suspiro.

—Justin era temerario e impulsivo y pensé que era mi obligación protegerlo para que no cometiese un error.

—Ah, claro —Angie se miró las manos. Jordan nunca había mantenido en secreto que desaprobaba su boda.

—Pensábamos volver el día de tu cumpleaños, pero la noche anterior discutimos... fue la peor pelea de nuestras vidas. Me dijo que era un canalla, me gritó que tú eras la única persona que lo quería y que el resto de la familia podía irse al infierno —Jordan hizo una pausa para aclararse la garganta—. Entonces perdí el control e hice algo que lamentaré durante el resto de mi vida —su angustia era tan evidente que Angie tuvo que hacer un esfuerzo para no abrazarlo.

—Esa noche de Año Nuevo, cuando te llevé a casa... se lo conté, Angie. Se lo conté todo.

Ella lo miró, horrorizada.

—¿Cómo pudiste hacer eso?

—¿Cuántas veces crees que me he hecho esa pregunta? Entonces pensé que lo hacía por el bien de mi hermano, que estaba ayudándolo al separarlo de ti. Pero ahora no puedo evitar preguntarme si… –Jordan no terminó la frase, sacudiendo la cabeza.

–¿Si qué? Dímelo.

–No puedo dejar de preguntarme si lo hice porque te quería para mí.

–Jordan…

–Soy un hipócrita, ya lo sé. ¿Quieres saber el resto de la historia?

–No quiero, pero tengo que saberlo.

De nuevo, Jordan se aclaró la garganta. Y cuando habló, lo hizo sin tono, como si estuviera extrayéndole una confesión bajo tortura.

–Justin reaccionó dándome un puñetazo que me tiró al suelo. Cuando me levanté, se había ido. Pensé que iba a desahogarse, así que no fui tras él. Si lo hubiera hecho, mi hermano no habría muerto –Jordan apretó los labios, desolado–. El camarero del hotel me dijo que le había pedido un taxi y que se había ido borracho. Nadie lo vio despegar, pero alguien informó sobre una explosión en la montaña poco después. Eso es todo lo que sé.

–Dios mío…

Angie querría consolarlo porque había un mundo de dolor en sus ojos, pero se resistió. Estaba demasiado sorprendida, demasiado dolida.

–No fue culpa tuya. De todos mis pecados, uno de los más graves fue dejar que te culpases a ti misma.

–Pero sí fue culpa mía –murmuró ella–. Y tuya también porque esa noche de Año Nuevo nos besamos… eso fue lo que puso en marcha esta tragedia.

–¿Fue culpa de mis padres por invitarnos a esquiar? ¿Fue culpa del taxista que lo llevó borracho al aeropuerto?

–No puede ser, Jordan. No podemos estar juntos.

Él no intentó detenerla cuando salió de la habitación.

Raquel estaba en lo cierto: todo lo que Jordan había hecho por ella y por su hijo era por su sentimiento de culpa.

Temblando, Angie subió a su habitación. No podía quedarse allí. No podía ver a Jordan cada día y recordar lo que había hecho. No solo que hubiera empujado a Justin hacia el abismo con su confesión sino que se lo hubiera ocultado a ella durante tanto tiempo.

Lucas se disgustaría mucho, pero llevarse a Rudy lo consolaría. Raquel tenía una habitación en su casa donde podrían alojarse durante unos días, hasta que encontrase un apartamento. Y enterraría el recuerdo de Jordan para siempre.

Demasiado angustiada como para dormir, Angie se vistió y empezó a hacer las maletas.

Jordan despertó al amanecer y, afortunadamente, no se encontró con Angie en la cocina. Después de lo que había pasado por la noche hubiera sido demasiado doloroso para los dos.

Iba a marcharse. Estaba seguro, y no quería estar allí cuando ocurriese.

Cuando terminó el café, ensilló a su palomino y salió galopando hacia las colinas. Hacía frío, pero llevaba la cazadora de cuero y pronto saldría el sol.

Aunque el sol no calentaría sus huesos. Nada podría hacerlo, porque estaba helado por dentro. Solo entonces se dio cuenta de cuánto había deseado casarse con Angie y adoptar a Lucas. Durante las últimas semanas deseaba volver a casa para estar con ellos, para ver a Lucas corriendo hacia él, para tener a Angie entre sus brazos.

Pero todo había terminado. Angie sabía la verdad y su respuesta había sido la que él temía. Había hecho algo imperdonable contándole a Justin lo que había ocurrido entre ellos y Angie seguramente no le perdonaría nunca, pero ya no tenía nada que esconder. El secreto que lo había tenido prisionero durante esos años ya no era tal secreto.

Irónicamente, era libre.

Le daría tiempo para que hiciese las maletas y se fuera del rancho. Porque si estaba a su lado, podría decir algo que no debería.

Estuvo cabalgando durante una hora, admirando aquel paisaje que había querido enseñarle a Angie. Ya no podría hacerlo.

Más tarde, desolado, volvió a casa.

Marta estaba esperándolo en la puerta, echando humo por las orejas.

–Se han ido –le espetó–. Han guardado las cosas en el coche y se han ido. Incluso se han llevado el perro. ¿Qué les has hecho?

–¿No te lo ha contado?

–No me ha dicho nada, pero el niño estaba llorando. ¿Cómo has podido dejar que se fuera?

Jordan miró a su ama de llaves, sorprendido.

–Pensé que no te caía bien.

–Al principio no me caía bien, es verdad. Pero he comprobado que es una buena madre y sé que te hacía feliz. Y si la dejas escapar, serás un tonto.

Sus palabras fueron como una bofetada.

–Créeme, no ha sido idea mía. ¿Te ha dicho algo?

–No, pero ha dejado una carta. Está ahí –Marta señaló la puerta del estudio.

Jordan fue hacia allí como si le pesaran los pies. Sabía que no iba a gustarle lo que Angie tenía que decirle.

La carta estaba sobre el escritorio, en un sobre cerrado. Lo abrió y empezó a leer:

Querido Jordan,

Cuando leas esta nota, Lucas y yo nos habremos ido. Te pido disculpas por llevarme el coche. En cuanto pueda venderlo, te enviaré el dinero que me prestaste.

Te agradezco todo lo que has hecho por nosotros y también que me contases lo que pasó. Llevarme a Lucas del rancho es una de las decisiones más difíciles que he tenido que tomar en mi vida, pero tú y yo no podríamos ser felices juntos. Recordar lo que pasó solo llevaría amargura a nuestras vidas.

Sé que no podría esconderme de ti y que tienes medios para encontrarme. Además, no voy a negarte que veas a Lucas. Una vez que estemos instalados, podrás ir a visi-

tarlo. Al niño le gustaría mucho, pero no esperes nada de mí. Yo haré lo que pueda para rehacer mi vida… sin ti.

Atentamente,

Angie

¿Atentamente? Jordan soltó una palabrota. Ni una sola palabra de afecto. Nada sobre lo que habían sido el uno para el otro. Furioso, hizo una bola con la carta y la tiró a la papelera, pero un segundo después la sacó de nuevo.

Marta tenía razón: no debería haberla dejado ir. Debería haberle pedido perdón de rodillas. Debería haber suplicado, chantajearla, amenazarla, cualquier cosa para que no se fuera.

La necesitaba. La amaba.

Pero lo había descubierto demasiado tarde.

Angie no había pensado contarle a su prima la historia del accidente, pero Raquel era tan insistente que podría hacer cantar a una piedra, de modo que acabó contándoselo mientras compartían una taza de chocolate en el patio.

–¿Cómo puedes culparte a ti misma? ¿Y cómo puedes culpar a Jordan? ¿Alguno de los forzó a Justin a emborracharse? ¿Lo llevasteis al aeropuerto y lo metisteis en la avioneta?

–Pero si Jordan no le hubiese contado nada, si no hubiese nada que contar, Justin no habría muerto. Tal vez si yo no hubiera esperado tanto para contarle que estaba embarazada…

147

–Angie, escúchame –la interrumpió su prima–. Justin siempre me pareció un chico encantador, pero también un niño mimado que hacía lo que quería y para quién tú siempre encontrabas excusas. Y sigues haciéndolo.

–Pero estaba tan disgustado por lo que Jordan le había contado…

–Tú besaste a Jordan porque lo viste besando a otra chica en la fiesta, ¿no fue así?

–Sí, pero…

–Jordan debería haberse callado, pero él no sabía que su hermano iba a subir a una avioneta borracho. Nadie podía saberlo.

–¿Estás diciendo que debo perdonar a Jordan?

–¿Perdonarlo? Bueno, eso depende. ¿Crees que guardó el secreto por razones egoístas, porque no quería aceptar la responsabilidad de lo que había hecho?

–No, estoy segura de que no fue por eso –respondió Angie, sin dudar–. Creo que intentaba evitarnos más sufrimiento a sus padres y a mí. Y no quería ensuciar el recuerdo de su hermano.

–Si le hubiera contado la verdad a sus padres, ¿crees que ellos le habrían culpado a él?

–No, claro que no, me habrían culpado a mí.

Raquel asintió con la cabeza.

–En conclusión: para proteger a sus padres y a ti, Jordan ha llevado con él esa carga durante cuatro años. Luego te lo contó y en lugar de consolarlo, tú saliste corriendo. ¿No crees que ya lo has castigado más que suficiente?

Angie dejó escapar un gemido. Se sentía tan dolida por lo que Jordan había hecho… ¿pero cómo se había atrevido a juzgarlo? ¿Y cómo podía esperar que la perdonase?

—Es demasiado tarde —murmuró, con los ojos llenos de lágrimas—. Jordan es un hombre orgulloso y después de las cosas que le he dicho… y lo peor es que le quiero. Le quiero con todo mi corazón, pero él ya no querrá saber nada.

Jordan llegó al rancho con jaqueca después de una larga conversación con su madre. Contarle la verdad sobre el accidente de Justin había sido difícil, pero lo había hecho.

Claro que no le contó que Angie y él se habían besado la noche de Año Nuevo porque eso era algo privado. Solo le contó que Justin y él habían tenido una pelea en Park City y que Justin se había emborrachado antes de subir a la avioneta.

Meredith se había tomado la noticia con su habitual calma, pero Jordan sabía que estaba dolida. Nunca había sido un secreto que Justin había sido su hijo favorito.

—¿Cómo pudo hacer algo así?

—No quiso hacerlo. No sabía lo que hacía.

—Y tú lo has sabido durante todo este tiempo.

—Pensé que era mejor guardarlo para mí mismo. ¿He hecho mal?

—¿Qué más da? Tu hermano ya no está y nada le devolverá la vida.

Jordan se levantó para poner una mano sobre su hombro. Meredith nunca había sido afectuosa con sus hijos, por eso le sorprendió que inclinase la cabeza para apoyar la cara en su mano.

—Justin era como tu padre, tal vez por eso le quería tanto. Tú te pareces más a mí. Eres más sensato y te gusta tenerlo todo controlado. Siempre he contado contigo para eso.

Por primera vez, Jordan se dio cuenta de que era verdad.

—Supongo que se lo has contado a Angelina.

—Sí —respondió Jordan—. Y se lo ha tomado muy mal, pero al menos ahora sabe que el accidente no fue culpa suya. Y era hora de que tú también lo supieras.

Meredith suspiró.

—Después de verla con ese hombre en La Fonda le pedí a mi abogado que la investigase, pero no encontró nada más que una persona honesta y trabajadora que se desvive por su hijo. Eso me hizo pensar… ¿cómo ibas a defenderla tan apasionadamente si no lo mereciera? No suelo admitir mis errores, pero me temo que esta vez no me queda más remedio que hacerlo. La he juzgado mal y me gustaría pedirle perdón personalmente.

—Pues no será tan fácil. Se ha ido esta mañana.

Meredith lo miró como no lo había mirado desde que era un niño.

—Ve a buscarla, hijo.

—No puedo…

—¿Quieres acabar como yo, solo, aburrido, sin

nadie que te haga compañía durante el resto de tu vida?

Tal vez tenía razón, pero lo que le había hecho a Angie era imperdonable y él lo sabía.

Al menos, estaba dispuesta a dejar que viese a Lucas y si la presionaba, tal vez cambiaría de opinión... no, sería mejor dejar las cosas como estaban.

Seguía queriendo hacer a Lucas su heredero y ya que su madre había aceptado estar equivocada sobre Angie, sería muy fácil. Además, abriría una cuenta para pagar los estudios del niño y cualquier otra cosa que necesitase. Pero Angie ya no era parte del trato. Ella misma había dicho que no podía estar con él. Fin de la historia.

Sus pensamientos se vieron interrumpidos por el sonido del teléfono.

–¿Sí?

–¿Tío Jordan?

Se le encogió el corazón al escuchar la vocecita de Lucas.

–¿Quién te ha dado este número?

–Está en el collar de Rudy.

–¿Dónde estás?

–En casa de mi tía Raquel.

–¿Va todo bien?

–No, mi mamá está llorando. Le ha dicho a la tía Raquel que te quiere. Creo que quiere volver al rancho y yo también.

Jordan tuvo que hacer un esfuerzo para respirar.

–¿Tu madre te ha pedido que me llamases?

–No, ella no sabe nada. ¿Puedes venir a buscarnos, tío Jordan?

–Te lo prometo.

Jordan sabía dónde vivía la prima de Angie, pero no podía aparecer allí de repente… ¿no?

¿Y si Lucas había inventado eso de que Angie lo quería? ¿Y si Angie no quería saber nada de él?

Pero mientras iba pensando todo eso, Jordan ya estaba sacando las llaves de la camioneta.

Angie estaba en la cocina, mirando la sección de apartamentos de alquiler en el Santa Fe, cuando sonó el timbre.

–¡Ya voy! –gritó Raquel.

Un momento después, Raquel apareció en la puerta de la cocina con un misterioso brillo en los ojos.

–¿Quién era?

–Nada importante, cariño. ¿Por qué? ¿Creías que podría ser Jordan?

–No me tomes el pelo. Jordan ni siquiera sabe dónde vives.

–¿Y si hubiera sido Jordan, qué habrías hecho? –le preguntó su prima.

Angie se encogió de hombros.

–¿Le perdonarías?

Los ojos de Angie se llenaron de lágrimas.

–¿Qué pretendes, Raquel? Me estás haciendo llorar otra vez. Pues claro que lo perdonaría, ya lo he hecho. Pero es demasiado tarde, así que…

Raquel se reía.

Lucas y Rudy, que estaban jugando en el patio, entraron en la cocina…

–¡Tío Jordan! ¡Ha venido! –exclamó Lucas.

Atónita, Angie miró hacia la puerta mientras se llevaba una mano al corazón.

–Angie … –Jordan puso las manos sobre sus hombros–. Di que me vaya y lo haré.

Ella negó con la cabeza.

–No te vayas –logró decir.

–No lo haré a menos que Lucas y tú vengáis conmigo –Jordan tiró de ella para abrazarla.

–Lo siento mucho, no tenía derecho a juzgarte…

–Y yo no tenía derecho a esconderle un secreto a la mujer de la que estoy enamorado. Pero no habrá más, te lo prometo.

Angie se apartó un poco para mirarlo a los ojos.

–¿Has dicho lo que yo creo que has dicho?

Jordan sonrió.

–Te quiero, Angelina Montoya. Te adoro y no pienso irme de esta casa hasta que prometas volver conmigo para siempre.

–¿Estás seguro de que eso es lo que quieres? ¿Una vida caótica? Porque eso es lo que vas a tener.

Él rio, un sonido glorioso a los oídos de Angie.

–Lo quiero todo. A ti, a Lucas, al perro y todos los niños que podamos tener. Seguramente debería pedirte en matrimonio, pero si no recuerdo mal, ya lo he hecho. Aunque aún no me has respondido.

–¿Tienes que preguntar?

–Eso es lo que estoy haciendo.

–Entonces, sí. Cien veces sí –Angie le echó los brazos al cuello para besarlo. En la cocina, con la puerta abierta y varios pares de ojos vigilando.

–No podíamos esperar más –se disculpó Raquel, abrazándolos a los dos.

Lucas tiró de la pernera de su pantalón.

–Tío Jordan, ¿puedo llamarte papá?

Habían creado una familia.

Epílogo

Un año después

–Aquí está su hija, señora Cooper –la enfermera le entregó un bultito envuelto en una manta rosa y, abrumada de amor, Angie apretó a la niña contra su corazón durante un segundo. Luego apartó la manta para mirar la carita y los ricitos morenos.

–Se parece a ti –dijo Jordan.

–No del todo. Mira ese hoyito en la mejilla y ese remolino en la coronilla… sí, es una Cooper.

–Mis dos preciosas chicas… creo que voy a estallar de orgullo –Jordan acarició la cara de su hija antes de inclinarse para besar a su mujer.

–¿Quieres tenerla en brazos?

–Dame a mi chica –Jordan se la colocó sobre el pecho y la niña dejó escapar un suspiro que le robó el corazón.

Su primer año de matrimonio estaba siendo maravilloso. Angie había insistido en seguir con su negocio, pero también estaba terminando sus estudios. Un día esperaba convertirse en profesora, pero esos preciosos años, mientras los niños eran pequeños, quería pasarlos en casa con ellos.

Jordan había adoptado a Lucas y algún día sería

un hombre muy rico, pero por el momento lo importante era que tenía un padre y una madre que lo querían y que se querían el uno al otro.

–¿Dónde está? ¡Quiero ver a mi nieta! –la puerta se abrió y Meredith entró en la habitación con Lucas de la mano. Ser abuela había transformado a la matriarca de los Cooper, que quería mucho a Lucas y estaba como loca con la niña.

–Primero, el hermano mayor –dijo Jordan, sentando a Lucas sobre la cama para que pudiese ver a la niña–. Aquí está tu hermana pequeña.

Lucas tocó la carita de la niña y sus ojos se iluminaron.

–Es muy suave. ¿Cómo se llama?

–Selena –respondió Angie–. Selena Meredith Cooper, como sus dos abuelas.

–Ay, Dios mío –los ojos de Meredith se llenaron de lágrimas–. Deja que la tome en brazos... mi angelito. ¡Estoy deseando llevarla de compras!

Jordan apretó su mano, riendo. Los Cooper eran un clan de poderosas personalidades y la vida con su familia nunca sería aburrida.

Entonces le pareció sentir un ligero roce en la mejilla...

Cuando giró la cabeza comprobó que no había nadie, pero ella sintió una presencia en la habitación. No podía estar segura, pero algo le decía que si Justin estuviera allí estaría sonriendo.

Deseo

Prohibido enamorarse

MICHELLE CELMER

Se suponía que solo debía disuadir a Vanessa Reynolds de seguir adelante con sus planes de convertirse en reina. Quizá aquella bella madre soltera pensaba que iba a casarse con el padre de Marcus Salvatora, pero el príncipe Marcus iba a hacer todo lo posible para evitarlo.

Sin embargo, en cuanto conoció mejor a la encantadora estadounidense y a su pequeña, Marcus se vio inmerso en un mar de dudas. Aquella mujer no era ninguna cazafortunas y empezaba a creer que su hija y ella podrían hacerlo feliz. Para ello debía impedir que se marchase de su lado, aunque eso supusiera poner en peligro la relación con su padre.

No podía amarla, pero tampoco podía dejar de hacerlo

¡YA EN TU PUNTO DE VENTA!

Acepte 2 de nuestras mejores novelas de amor GRATIS

¡Y reciba un regalo sorpresa!

Oferta especial de tiempo limitado

Rellene el cupón y envíelo a
Harlequin Reader Service®
3010 Walden Ave.
P.O. Box 1867
Buffalo, N.Y. 14240-1867

¡Sí! Por favor, envíenme 2 novelas de amor de Harlequin (1 Bianca® y 1 Deseo®) gratis, más el regalo sorpresa. Luego remítanme 4 novelas nuevas todos los meses, las cuales recibiré mucho antes de que aparezcan en librerías, y factúrenme al bajo precio de $3,24 cada una, más $0,25 por envío e impuesto de ventas, si corresponde*. Este es el precio total, y es un ahorro de casi el 20% sobre el precio de portada. ¡Una oferta excelente! Entiendo que el hecho de aceptar estos libros y el regalo no me obliga en forma alguna a la compra de libros adicionales. Y también que puedo devolver cualquier envío y cancelar en cualquier momento. Aún si decido no comprar ningún otro libro de Harlequin, los 2 libros gratis y el regalo sorpresa son míos para siempre.

416 LBN DU7N

Nombre y apellido	(Por favor, letra de molde)	
Dirección	Apartamento No.	
Ciudad	Estado	Zona postal

Esta oferta se limita a un pedido por hogar y no está disponible para los subscriptores actuales de Deseo® y Bianca®.
*Los términos y precios quedan sujetos a cambios sin aviso previo.
Impuestos de ventas aplican en N.Y.

SPN-03

©2003 Harlequin Enterprises Limited

Atrapada entre el odio… ¡y la pasión!

La heredera Bella Haverton estaba furiosa porque su difunto padre le había dejado todo a Edoardo Silveri: su hogar familiar, su fortuna en fideicomiso y, lo más irritante de todo, el derecho a decidir con quién y cuándo podría casarse. Bella estaba empeñada en liberarse de esas cadenas.

El plan de enfrentarse a Edoardo se le fue de las manos cuando descubrió que el problemático chico que adoptó su padre se había convertido en un hombre autoritario, enigmático y dotado de un letal atractivo sexual. Mientras su cabeza luchaba contra su traicionero cuerpo, Bella decidió que había llegado el momento de desvelar los secretos que ocultaba aquel hombre.

Entre el odio y la pasión

Melanie Milburne

Una propuesta escandalosa

MAUREEN CHILD

Cuando Georgia Page aceptó la propuesta de Sean Connolly, sabía que era una locura. Pero creyó que iba a ser capaz de fingir ser la prometida del millonario irlandés por un tiempo, solo hasta que la madre de él recuperara la salud.

Esperaba poder mantener su corazón apartado de aquella aventura, por muy guapo y seductor que Sean fuera… y por muy bien que interpretara su papel. Le había parecido sencillo, hasta que sus besos y abrazos desembocaron en algo que ninguno de los dos había esperado. Algo que podía convertir su estrambótico trato en campanas de boda…

Enamorarse no era parte del trato